西語29音

陳怡君——著
Emilia Chen

完全自學手冊

掃描 QR Code 立即播放全書 MP3 雲端音檔,使用電腦即可下載
https://video.morningstar.com.tw/0170045/0170045.html

晨星出版

作者序

不瞞讀者，一開始編輯與我討論西語發音書的撰寫可能，向我邀試寫稿時，我的第一反應是：「西班牙語的發音比文法簡單呀！有可能單獨出版成一本書嗎？」

我想，許多人或許也跟我一樣有著如此思維。但是，仔細想想，在超過二十年的西語教學生涯，面對過六歲到七十二歲的學習對象；從一開始只在大學授課，延伸到社區勞工大學，再前進高中第二外語課程、國中外語社團，以及向下扎根到兒童西語教學，我觀察到了台灣外語學習年齡層下降的趨勢，也深刻感受到不同階段學習者所具備的優勢與面對的挑戰。檢視這些年的教學互動與回饋，思考著通常在一個初級課程中，可能只花三、四堂課就結束的基礎發音，真的有那麼容易嗎？

其實，西班牙語的發音之所以被認為不難，是因為在具備了英語能力的基礎下，「見字發音」，運用同是以拉丁字母拼音的模式來讀出一個字，發出接近正確讀音的成功率不算低。然而，其中的西語清濁音對照組，以及相近音的細膩之處，若是沒有好好探究，而是以囫圇吞棗的態度繼續學習，就算語法學得再好、口說溝通能力再強，也是遺憾！甚至，不夠正確的發音，可能在表達時被誤會成另一個單字，或整段語意都受到影響哪！

在兩本已出版的個人著作中，可以見到我結合自己求學時期的語言學理論專長與多年來的實務教學經驗，再加上多次前進西班牙探索，或與拉丁美洲母語者於工作上交流的成果累積。而這些針對西語初級學習者所設計的書籍，當然也包含了基礎的發音教學。然而，在目前

多是強調自然發音的外語學習環境下，甚至有些學子還經歷過新冠肺炎疫情肆虐時，佩戴口罩上課的煎熬期，我不斷思考著如何透過更有效卻不含糊的教學方式，幫助每週接觸西文時數甚少的學習者將西語發音基礎打好。

本書不只有文字的詳盡解說，還有圖解與表格歸納。此外，搭配每個字母，介紹了常見的西文人名，並輔以小女EE的原創設計人物插圖，希望藉由活潑生動且最核心的圖文說明，讓讀者記住每個字母與音標符號的正確讀音；透過實用、重點式的單字舉例，以及道地且生活化的短語、句子，幫助讀者勇敢開口說西文。此書用不死板的方式，提點別人看不出的發音盲點，克服學習上的痛點，讓學習者得到循序漸進的正確解析與引導。

這幾年，筆者結合西語教學與西班牙語領隊帶團的工作，要抽空擠出時間蒐集資料，同步進行撰稿，實屬不易。工作與家庭生活忙碌的狀況下，能夠完成本書，要感謝求學階段的恩師們為我奠定的好基礎，以及親友、學生們給予的鼓勵與建言。其中，特別要感謝我昔日的學生，也是公費留學生且現已擔任西語教師多年的Isidoro提供專業意見與協助校稿。當然，家人們更是我不可或缺的精神支柱。這本書，不只聯繫著我與西文人，也是我與女兒的共同創作。謝謝貼心的女兒願意與我完成這份夢想。同時，也感謝再次合作的西語母語者Miguel的專業錄音與寶貴意見。

跨領域的學習與訓練已是潮流，希望此書對您有所幫助！若有疏漏錯誤之處，尚祈各位先進與讀者不吝惠賜指教。

陳怡君 Emilio

本書特色與使用說明

　　本書針對零基礎的西班牙語初學者，設計了淺顯易懂卻不失精髓的發音教學內容，幫助想要有效學會道地且正確發音的讀者，能透過有趣的入門教材，盡速掌握西語發音技巧並靈活運用之。

特色

- **Parte 1** 透過要點解說，初步認識字母、音標、音節、重音與語調。

- **Parte 2** 依照字母排序，精闢講解並採用有訣竅的引導方式進行讀音教學。

  - 各字母的發音教學中輔以西文名字的可愛插畫人物，學習不乏味。

  - 程度適中的詞彙及例句練習，輔以西語母語者的口說示範，有效矯正發音並能進行正確讀音的聽辨練習。

- **Parte 3** 語調及聽力練習、常見西語人名、數字唸法、實用短句、鍵盤打字，幫助初學者快速融入語境。

說明

西班牙語教學，只有在初學者階段會特別以音標符號標示解說讀音，往後在學習一個新的詞彙時，都是看到字母就能明辨其讀音方式自行拼音。本書則明列其對應音標，折衷兼採以下兩種方式：❶ IPA國際音標的專業語言學標示；❷ 顧及完全零基礎而直接從母語中就地取材，尋找最相近發音的方式，請參考 Parte 1。

本書詞彙表中出現的詞性縮寫請參考以下對照表：

m. ▶ 陽性名詞		**prep.** ▶ 介系詞	
f. ▶ 陰性名詞		**pron.** ▶ 代名詞	
v. ▶ 動詞		**conj.** ▶ 連接詞	
adj. ▶ 形容詞		**interj.** ▶ 感嘆詞	
adv. ▶ 副詞			

目次 ÍNDICE

Parte 1 學習發音之前
Antes de empezar

Parte 2 西班牙語字母與音標發音
Alfabeto y pronunciación

Parte 3　發音延伸練習與資源
Ejercicios y recursos

學習發音之前

Antes de empezar

哈囉！

¡Hola!

字母

西班牙文中究竟有幾個字母？

透過不同的西語學習資源，可能因地區性或時代的差異，而得到不同的答案。然而，本書介紹西語29音，是因為傳統排序的西班牙語字母共有29個，主要包含26個拉丁字母、1個特色字母ñ，再加上由2個字母組合而成的ch跟ll。西元1994年之後，西班牙皇家學院(Real Academia Española，簡稱RAE)雖也認定ch跟ll並非c+h或者l+l分開發音，但是已不再將這兩種組合視為獨立字母，因此在字母表中除名。換言之，一般被稱之為現代排序的西班牙語字母表僅存27個字母。

不過，不受該院管轄的拉丁美洲西班牙語，則依然維持這兩種組合在字母表裡。此外，西語拼字中還可見到rr的組合，雖未列入字母表中，但與 r 仍有差異，是獨具特色的多顫音。

綜合以上所述，不管是現代排序27個字母，傳統排序29個字母，抑或連rr都算在內，加起來30個字母，不同的字母數意見並非重點。好比台灣學習中文讀音使用的注音符號究竟有幾個？恐怕不少人說不出正確答案，畢竟能夠唸得正確才是最重要的，不是嗎？

西班牙語字母表排序（大寫＋小寫）

現代排序27個字母，加上具個別發音方式的ch以及ll即為傳統排序的29音。

Aa	Bb	Cc	Dd
a	be	ce	de

Ee	Ff	Gg	Hh
e	efe	ge	hache

Ii	Jj	Kk	Ll
i	jota	ka	ele

Mm	Nn	Ññ	Oo
eme	ene	eñe	o

Pp	Qq	Rr	Ss
pe	cu	ere	ese

Tt	Uu	Vv	Ww
te	u	uve	uve doble

Xx	Yy	Zz
equis	i griega	zeta

音標符號參照與說明

　　鑑於目前學習第二外語的人數逐年攀升且年齡層有下降之趨勢，筆者過去在求學階段時習得的KK音標符號，現代學子不見得也認得。而且，以現在的外語自學者來說，有接觸過專業語言學訓練，能清楚識別「IPA國際音標」的學生恐怕亦寥寥可數。因此，如何將西班牙語的正確發音做有效的系統教學，成為撰寫此書的一大動機與難題。

　　筆者在精讀中西文各項參考資料並結合整理二十年的教學經驗，再加上實際與西語母語人士交流討論後，顧及西語本身也有其地區上的差異，因此多番考量下，最終決定採用偏向西班牙皇家學院RAE (Real Academia Española) 的方式，盡可能以大多數學習者熟諳的符號來標示音標。

　　本書採取在西文教材中以簡單西文字母解釋發音和以語音學作為解釋的IPA音標兩者間的折衷方式來教學，由此列出正確卻也不致於過度繁複的標準，輔以母語者的發音示範，以供參照。希望藉此能讓更多自學者受惠之外，也提供以西班牙語作為第二外語教學的教授者一項值得參閱的教學資源。

音標標示　　什麼字母在拼音時會用到此音標　　解說

[b] b, v

　　字母 b 在IPA中，其音標讀音可再細分為[b]與[ß]的標示方式。然而，這兩者的差異不大，基本上它們都是雙唇濁音，只是前者的抿嘴動作比較明顯。只要字母 b 不是出現在字首或緊跟在鼻音[m]之後，都會順勢減少抿嘴的預備動作而輕輕地發雙唇的摩擦音[ß]。本書的各發音單元介紹中，將不刻意區分這兩個音標符號，一律以[b]代表。此外，字母v出現在單字中，其發音同字母b。

[k] c, k, q

　　[k]在西文中不是送氣音，並非學習英文時的發音模式，也就是說，並非像注音符號的「ㄎ」，反而是要發出有聲的軟顎清音，像是注音符號的「ㄍ」才對。

[θ] c, z

　　[θ]為齒間摩擦音。發[θ]音時，舌頭平放在上下排齒間並吹氣，且聲帶不振動。就像學英文時，發both的th聲音一樣。西文中，字母 c 與母音 e 以及 i 組合時，還有，字母 z 出現在單字中的音標都是發[θ]音。

[ch] ch

　　CH 出現在單字中，要發成帶有些微氣音且無聲的塞擦音，有些書籍會以[č]或者[tʃ]來標示。但由於西文中的 ch 發音，跟英文看到ch的[tʃ]發音仍有差異，英文的[tʃ]，嘴型較圓，較接近中文注音符號的ㄑㄩ，而西文中的[ch]則較接近注音符號的ㄑㄧ。為避免被誤認為英文[tʃ]的發音方式，因此本書採用[ch]的標示方法。

[d] d

　　D 在單字中出現的位置不同，會影響發音時反彈力道的強度，因此在語音學中有更精確的[d]與[ð]兩種差異。d 在字首或 n、l 之後，發出由舌尖碰觸上齒背而產生較強的齒背音 [d]，為顫動聲帶的濁音。其餘狀況，則是強度稍弱的近似音。以舌尖輕微碰觸上齒沿的[ð]，可以用介於中文注音符號中ㄅ跟ㄉ之間的濁音來記，也類似英文 the 中的[ð]發音。

[g] g

　　見到字母 g 出現在單字中會有兩種不同發音。其中，當見到 ga、go、gu、gue、gui、güe 以及 güi 組合時，

[g]音標與學習英文時的[g]發音有所不同。要注意西文中[g]屬於軟顎的閉塞濁音，比英文中的[g]發音來得混濁，建議下巴稍微向下，並留意與清音的[k]作對比。

[X] g, j

字母 g 若與母音 e 及 i 組合時，為代表無聲的送氣音，IPA國際音標的標示為[x]，類似中文的ㄏ，只是[x]在西文中為氣流較強烈的送氣音。至於西文中看到字母 j 出現在單字中，其發音就是同 ge、gi 組合中的[x]。

[ll] ll

在西班牙，看似由兩個相同字母組合成的 ll，與字母 y 在搭配母音時，發音是幾乎相同的，都是類似英文單字 yes中的 y 發音[ʝ]。其中特別的是：中南美洲部分國家，例如：阿根廷，見到 ll 出現在單字中，並非發[ʝ]的聲音，而是發出像學習英文時 KK 音標的[ʒ]或者[ʃ]，因此可看到部分教學採用國際音標[ʎ]的標示。而本書將直接以[ll]來代表這些發音，學習者也可隨使用區域的差別而調整。

[n] n

見到字母 n 出現在單字中，可能的讀音有三種，分別為：置於母音前的[n]，如中文注音符號的ㄋ、置於母音後的[n]，如中文注音符號的ㄣ、以及擺放在[k]、[g]及[x]前，因應發音位置與嘴型而形成的[ŋ]，也就是類似中文注音符號的ㄥ。

[r] r

[r]是一個舌尖碰觸上齒齦的位置而產生的單顫音。發音的嘴型沒有英文的[r]那麼渾圓，而是比較像要發出中文注音符號ㄖ的嘴型。此為不彈舌的單顫音，既不置於字首，也不放置在子音 l、n、s 之後。另外，字母 r 若出現在母音後，則發成短促的收尾音，舌尖朝內，稍微停留在中間的上齒齦位置即可。

[r̄] r, rr

[r̄]的音標，代表的是舌尖去碰觸上齒齦位置，且發音時帶動氣流，多次顫動舌頭而產生的多顫音。當字母 r 出現在字首，或者子音 l、n、s 之後，以及複字母 rr 組合在一起且置於兩個母音之間時，便發成多顫音。

[y] y

　　Y 兼具母音與子音的功能，單獨存在時，發成與母音相同的[i]。置於母音後，如 ay、ey、oy 也是類似 i 的發音，形同雙母音，重音節判讀時被視為子音。而字母 y 搭配母音為 ya、ye、yi、yo、yu 時，就如同 lla、lle、lli、llo、llu 以及 hia、hie、hio、hiu 的發音，都是類似英文單字 yes 中的 y 發音[ʝ]。此外，[ʝ]緊接在 n 跟 l 之後，受到嘴型與發音位置影響，便形成嘴型較圓的發音，像是介於英文 y [ʝ] 跟英文 j [dʒ] 的發音。例如 cónyuge(配偶)。而特別的是 y 在中南美洲部分國家，例如：阿根廷，發[ʒ]或者[ʃ]。總括上述說明，這是由於地區性差異而衍生不同發音方式的音標讀音，本書將統一以[y]標示為代表。

nota

母音與子音

❶ 母音（Vocales）

1. 西文中共有五個母音：a、e、i、o、u。

2. 五個母音中，a、e、o為強母音，i、u為弱母音。若不用背誦強記的方式，可參考下圖的倒五角形，照鏡子注視自己的嘴型，區辨正確的發音位置，從中找出：五個母音裡，發聲位置較低、舌頭自然垂放、聲音響度較大的三個發音即為重母音，也就是a、e、o；而另外的i跟u相較之下，嘴型分別為往兩側延伸呈扁平狀及向上噘起呈圓唇樣，發音位置較高，舌頭也較為平放，聲音響度較弱，則為弱母音。

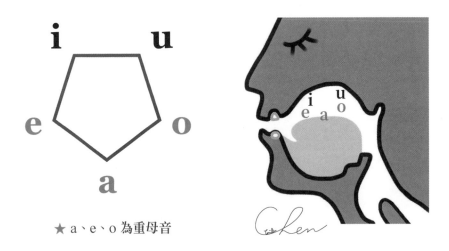

★ a、e、o為重母音

3. 西文單字中還有加上重音符號的書寫方式，用以表示加強重音在該發音位置。重音符號僅標示在母音正上方，其書寫方式為：á、é、í、ó、ú。

例 árbol(樹木)、débil(虛弱的)、país(國家)、canción(歌曲)、azúcar(糖)。 ▶ MP3 **1-02**

❷ 子音（Consonantes）

　　西文中部分字母有相同的發音方式，例如 ca、co、cu 組合時的字母 c 跟字母 k 都是[k]的發音，ce、ci 組合時的字母 c 跟字母 z 都是[θ]的發音，或者字母 v 與字母 b 發音同為濁音的 [b]……等。若以語音學角度談論子音的發音方式或發音的位置，我們可認知到共有19個音素(fonema)。然而，對於初學者而言最重要的是：辨別字母在單字中應該發什麼音。因此，我們先簡單地將子音歸納如下，再讓初學者透過本書中主題內容的教學，習得每個字母正確的發音。

1. 簡而言之，包含 ch、ll 的傳統排序字母表裡的29個字母，扣除5個母音，再扣除不發音的h以外，其餘皆為子音。

2. 以發音方式區分：

   有閉塞音(oclusivo)、摩擦音(fricativo)、塞擦音(africado)、側音(lateral)、顫音(vibrante)及鼻音(nasal)。

3. 以發音位置區分：

   有雙唇音(bilabial) 、唇齒音(labiodental)、齒間音(interdental)、齒音(dental) 、齒齦音(alveolar)、齦後音(post-alveolar) 、硬顎音(palatal)、軟顎音(velar) 及喉音(glotal / gutural)等等。　◆可依不同的位置再細微區分。

4. 以聲帶震動有無及清濁程度區分：

   有sordo (無聲／清音) 與 sonoro (有聲／濁音) 之分。

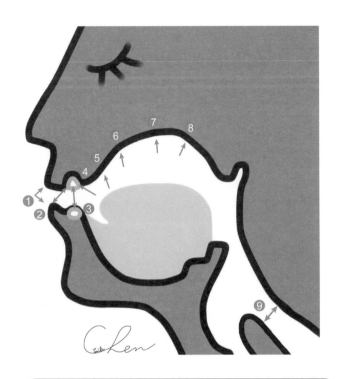

發音部位（Lugar de articulación）

❶ 雙唇音（bilabial）

❷ 唇齒音（labiodental）

❸ 齒間音（interdental）

❹ 齒音（dental）

❺ 齒齦音（alveolar）

❻ 齦後音（post-alveolar）

❼ 硬顎音（palatal）

❽ 軟顎音（velar）

❾ 喉音（glotal）

▶MP3 **1-03**

搭配本書12頁～17頁音標符號說明，輔以發音位置歸納如下：

❶ 雙唇音（bilabial）　　　　　[b] [m] [p]

❷ 唇齒音（labiodental）　　　　[f]

❸ 齒間音（interdental）　　　　[θ] [ð]

❹ 齒音（dental）　　　　　　　[d] [t]

❺ 齒齦音（alveolar）　　　　　[l] [n] [r] [r̄] [s]

❻ 齦後音（post-alveolar）　　　[ch] [ll]

❼ 硬顎音（palatal）　　　　　　[ñ]

❽ 軟顎音（velar）　　　　　　　[g] [k] [x]

❾ 喉音（glotal）　　　　　　　 [h]◆

◆喉音所標示的[h]為中南美洲（包括加勒比海區域）西語國家及西班牙南部安達魯西亞自治區等極具區域代表性特色的發音。當字母s出現在一單字字尾（例:mes）或是單字中一音節尾（例:costa）時，上述地區的母語人士會將原本該發[s]的音，改發成極輕微的喉頭送氣音[h]，也就是俗稱的「吃音現象」。本表主要以基本分類為主，若要連同地區性的發音差異，像是遇到ll與y有不同發音方式，則不僅止於上述分類。

分音節的方式

當我們決定一個西文單字的重音要落在哪個位置之前，須先正確區分音節。因此，辨識音節的組合也相對重要，以下便讓我們利用輕鬆的記憶方式來學習關鍵要點，以獲取良好成效吧！

分音節要點 ╱ 趣味記憶法	例子 ▶ MP3 **1-04**
最常見的是子音加上母音的組合。 母子相依最佳拍檔。	pe-lo-ta 球 al-fa-be-to 字母 pro-fe-sor 教授 cons-truc-ción 建造
母音可單獨成立一個音節。 媽媽一個人也可以很獨立。	a-mi-go 朋友
雙母音屬於同一個音節：一個弱母音加一個強母音，或者兩個弱母音組合而成。 婆婆與媽媽兩個母親可以和平共處； 但只能一弱一強，或兩弱。	●弱+強→ 　fa-mi-lia 家庭 ●強+弱→ 　au-la 教室 ●弱+弱→ 　ciu-dad 城市
兩個強母音要分開，視為不同音節。 兩個強勢的媽媽，一定要分開！ （不然身兼兒子與老公身分最辛苦。）	i-de-a 主意
兩個弱母音夾帶一個強母音是三母音組合，屬於同一個音節。 兩手牽著弱小的孩子過馬路，媽媽最重要！	兩弱夾一強→ viei-ra 扇貝

重音

❶ 判讀正確重音位置的重要性　▶MP3 **1-05**

　　學習一個新的西班牙文單字時，除了必須運用音標的概念，知道該字母在單字中的發音方式，也需要辨別正確的重音位置。因為拼音組合的語言，每個單字只有一個重音節，若判讀錯誤，除了導致發音不標準外，還可能被誤認是另一個別具語意的單字。例如：carné de estudiante 是「學生證」之意，「carné」的重音在最後一個字母，帶重音的 é；若拼寫錯誤，寫成了carne，重音就落到了字母 a 上頭，其語意為「肉」。所以若是想表達「用學生證購票比較便宜」，卻唸錯重音，把 carné(證件)唸成了 carne(肉)，那就可能貽笑大方囉！

❷ 重音規則　▶MP3 **1-06**

　　西語的重音規則不難，只要熟記下方三條，即能輕鬆掌握！

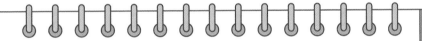

> 1. 以母音(a、e、i、o、u)或子音中的n、s結尾
>   →重音落在倒數第二音節
>
> 例 casa [kása] 家、mano [máno] 手
>   estudiantes [estudiántes] 學生（複數）

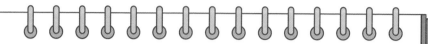

2. 除了n、s以外的其他子音結尾
　→重音落在最後一個音節

例 español [españól] 西班牙文 / 人
hablar [ablár] 說：講、coñac [koñák] 白蘭地

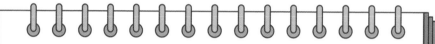

3. 字的本身帶有重音符號
　→重音就落在符號位置

例 mamá [mamá] 媽媽、café [kafé] 咖啡
estación [estaθión] 車站

西班牙語字母與音標發音

Alfabeto y pronunciación

真棒！

¡Qué bien!

Antonio
安東尼奧

字母讀音

A 的字母讀音為 a [a]

　　A 的西班牙語字母讀音與音標讀音相同，就像我們在中文裡帶驚嘆語氣的「啊」發音一樣，可以用中文注音符號裡頭的「ㄚ」去記憶。是五個母音中發音位置最低、響度最大的一個母音。單一個字母 a 本身就帶有語意，是一個介系詞，可以表示「對……而言」，也具備銜接地點及原形動詞等功能，可用英文的「to」去聯想。

音標讀音

A 在單字中的音標讀音為 [a]

　　與英文相較，a 在西文中的發音簡單多了，就只有 [a] 一種讀音。這是一個重母音，也就是強母音，a 可置於字首、字中或字尾；a 可以單獨存在，也可以跟子音組合成音節來發音，或者跟其他的弱母音組合成雙母音甚至三母音來構成音節。

給初學者的貼心小提醒

　　A 是母音，出現在詞彙中的比例很高，但因為大多數以華語為母語的初學者都是先學了英文，才接觸西班牙文，因此容易受到英文的影響。尤其在遇到子音加母音 a 的組合時，會把

[a] 唸成了其他的發音。例如：家庭 familia [fa-mí-lia]：音節分為 fa-mi-lia，恰似的中文讀音應為「法・咪・哩呀」，但遇到不少初學者唸成「匪・咪・哩呀」。也就是說，把 a 發成了 e。其實西班牙文中的發音規則比英文來得簡單，大多數的字母都是單一種發音方式，[a] 就只有「啊」一種而已喔！

單字練習

día m.

天、白天

[dí-a]

地呀

▶ d是濁音，似英文的the發音。

amor m.

愛

[a-mór]

啊莫爾

▶ r 置於母音後並非等同「爾」的發音，只需短短地做類似ㄌ的收音。

clase f.

課程／課堂

[klá-se]

個拉ㄙせ・

▶ c 不是送氣音，要發ㄍ不是ㄎ。

casa f.

家、房子

[ká-sa]

嘎 ㄙㄚ・

▶ [k]非送氣音，要發ㄍ不是ㄎ 。

mango m.

芒果

[máŋ-go]

ㄇㄤˋ ㄍㄛ・

▶ go是濁音，比起co下巴會往前些。

ochenta adj.

八十

[o-chén-ta]

喔欠打

▶ t 非送氣音，要發ㄉ不是ㄊ。

profesor m.

教授

[pro-fe-sór]

ㄅ嘍肥嗽兒

▶ r 置於母音後並非等同「兒」的發音，只需短促地做類似ㄌ的收音。

estudiar v.

讀書

[es-tu-diár]

ㄟˇ 嘶賭迪啊兒

▶ t 非送氣音，要發ㄉ不是ㄊ。

❶ Hola, buenos días.
[ó-la] [bué-nos] [días]
哈囉，早安！

- -

❷ Soy el profesor de español, Paco.
[sóy] [el] [pro-fe-sór] [de] [es-pa-ñól] [pá-ko]
我是西文老師巴可。

- -

❸ Me gusta el mango.
[me] [gús-ta] [el] [máŋ-go]
我喜歡芒果。

- -

❹ ¿Dónde está la casa de Antonio?
[dón-de] [es-tá] [la] [ká-sa] [de] [an-tó-nio]
安東尼奧的家在哪裡？

Soy el profesor de español, Paco.

B b

Berta
貝兒塔

字母讀音

B 的字母讀音為 be [be]

　　先抿嘴，再將雙唇鬆開，是一個雙唇爆破濁音。在中文裡，並無完全對應的發音，但是在台語裡頭，我們可以找得到：也就是「買東西」的「買」、「你要不要？」的「要」以及「馬」的讀音。

音標讀音

B 在單字中的音標讀音為 [b]

　　[b] 是雙唇濁音，和英文 b 的發音方式相較，抿嘴動作比較明顯。只要字母 b 不是出現在字首或緊跟在雙唇鼻音 [m] 之後，都會順勢減少抿嘴的預備動作而輕輕地發雙唇的摩擦音。要發出 [b] 正確的發音，重點在於它不同於英文的 b，也就是說，並非注音符號「ㄅ」的發音，而是需要加強濁音。可以藉由台語中的單字發音來記憶 例如 ba、be、bi 可對應台語詞彙裡頭的「肉」、「買」、「米」。

給初學者的貼心小提醒

　　B 的音標常常與 p 的音標拿來做濁音與清音的對比。在西班牙語中，英文發音方式的 [p] 送氣音不存在，單字中看到 p，要將送氣音改為注音符號「ㄅ」的發音。也就是說西文 [p] 是

清音，而 [b] 則是濁音。我們可以聯想兩個發音 pa 跟 ba 來比較一下，前面的發音是「爸」，後面是閩南語「肉」。可以用「爸爸吃肉」來聯想喔！

單字練習

bueno adj.

好的
[bué-no]
布維諾

▶bu是濁音，ue重音落在重母音e上。

bien adv.

好
[bién]
比せ、嗯

▶bi是濁音，ie重音落在重母音e上。

hablar v.

說／講
[a-blár]
啊不辣兒

▶b為濁音，夾在中間很快夾入lar。

abuela f.

奶奶、外婆
[a-bué-la]
啊不せ啦

▶bu是濁音，ue重音落在重母音e上。

hombre m.

男人
[óm-bre]
甕葡咧

▶b為濁音，bre切勿唸成英文捲舌音重的bre。

barco m.

船
[bár-ko]
芭了狗

▶ba是濁音，k不是送氣音而是ㄍ。

bella f.

美女
[bé-lla]
台語的 [買] + 國語的 [呀]

▶be是濁音，lla發成扁音一點的「呀」。

bola f.

球
[bó-la]
台語的 [老婆] + 國語的 [啦]

▶bo是濁音，類似閩南語查某的「某」。

會話開口說

❶ Buenas tardes.
[bué-nas] [tár-des]
午安!

. . . .

❷ Estoy muy bien.
[es-tóy] [múy] [bién]
我很好。

. . . .

❸ No hablo inglés.
[Nó] [á-blo] [iŋ-glés]
我不會說英文。

. . . .

❹ Mi abuela vive en Valencia.
[mi] [a-bué-la] [ví-ve] [en] [va-lén-θia]
我外婆住在瓦倫西亞。

No hablo inglés.

Carmen
卡門

Cc

字母讀音

C 的字母讀音為　ce [θe]

　　西文中 c 跟 e 組合在一起時，c 發 [θ]。如果以第四聲的音調唸出來，就像是閩南語當中「洗衣服」的「洗」。但是要發出正確的 [θ]，就像英文中的 th 發音一樣，要把舌面擺放在上下排牙齒之間吹氣，聲帶不振動，而發出齒間的摩擦音。然而，拉丁美洲以及西班牙少數地區不刻意將舌尖伸出齒間，也就是不區分 [θ] 跟 [s] 的差異，就發成了 [se] 的讀音。

音標讀音

C 在單字中的音標讀音為　[k] 及 [θ]

　　C 的音標無論是 [k] 還是 [θ]，都是子音。當 c 搭配 a、o、u 這三個母音時，c 的音標為 [k]；當 c 搭配 e 和 i 時，c 的音標為 [θ]。ca、co、cu 依序的組合發音就像是中文的「嘎」、「溝」、「姑」。而 ce 和 ci 則是 [θe] 與 [θi]，和字母讀音的說明相同，在拉丁美洲及部分西班牙南部地區則發成 [se] 以及 [si]。

給初學者的貼心小提醒

　　儘管 c 的字母與音標讀音在遇到 ce 時，有 [θe] 跟 [se] 的地區差異，但基本上仍會建議初學者以 [θe] 為基準來學習。畢竟，多了舌尖往前吹氣的這個區分方式，可以讓自己在學習詞彙時，避免與 se 搞混，能減少拼字錯誤的機率。此外，要注意的是 [k] 在西文中不是送氣音，也就是說，並非像注音符號的「ㄎ」，而是要像注音符號的「ㄍ」才對。

單字練習

carne f.

肉
[kár-ne]
嘎了ㄋㄝ‧

▶ c 不是送氣音，要發ㄍ不是ㄎ。

cena f.

晚餐
[θé-na]
ㄙㄝ哪

cine m.

電影院
[θí-ne]
西ㄋㄝ‧

poco adj.

少的
[pó-ko]
啵ㄍㄛ‧

▶ c 不是送氣音，要發ㄍ不是ㄎ。

decir v.

說／告訴
[de-θír]
台語的 [壓] + 細兒

▶ r 置於母音後並非等同「爾」的發音，只需短短地做類似ㄌ的收音。

pícnic m.

野餐
[pík-nik]
逼個你個

▶ c 放在母音後或音節尾，短短收尾即可。

recuerdo m.

記憶
[r̄e-kuér-do]
壘股ㄝ了ㄉㄛ‧

▶ r 放在字首要顫舌。

educación f.

教育
[e-du-ka-θión]
ㄟ督嘎西甕

▶ ca與ci的 c 發音分別為[k]與[θ]。

❶ Hablo un poco de español.

[á-blo] [ún] [pó-ko] [de] [es-pa-ñól]

我會講一點點的西班牙文。

❷ Me gusta ir al cine.

[me] [gús-ta] [ír] [al] [θí-ne]

我喜歡看電影。

❸ ¿Qué quieres decir?

[ké] [kié-res] [de-θír]

你想說什麼？

❹ Mi madre no come carne.

[mi] [má-dre] [nó] [kó-me] [kár-ne]

我媽媽不吃肉。

Me gusta ir al cine.

Charo
恰蘿

CHch

字母讀音

CH 的字母讀音為 che [che]

　　字母 ch 的讀音恰似中文「切」的發音。雖然在 1994 年舉行的第十屆西班牙皇家學院召開的大會上，已決定從一般通用的字母順序中去除 ch 跟 ll 這兩個雙字母組合，但這並不表示它們在西班牙語的拼寫中消失。因此儘管不列入字母表中，我們仍須知道其發音。

音標讀音

CH 在單字中的音標讀音為 [ch]

　　CH 出現在單字中，發的是帶微氣音且無聲的塞擦音，其發音近似中文的「七」。有些書會以 [č] 或者 [tʃ] 來標示。因為 ch 在英文中的其中一種發音也是 [tʃ] 音標，因此本書採用 [ch] 的標示方法，用以跟英文中嘴型較渾圓的發音有所區分。

給初學者的貼心小提醒

　　西文中的 ch 發音，跟英文看到 ch 的 [tʃ] 發音仍有差異，英文的 [tʃ]，嘴型較圓，較接近中文注音符號的ㄑㄩ，而西文中的 [ch] 則較接近注音符號的ㄑㄧ。

chico m.

男孩
[chí-ko]
ㄑㄍㆦ·

chaqueta f.

外套
[cha-ké-ta]
ㄑㄧㄚ·ㄍㆤ瘩

champiñón m.

蘑菇
[cham-pi-ñón]
搶ㄅㄧ·拗嗯

chatear v.

線上聊天
[cha-te-ár]
恰ㄉㆤ·ㄚˋ兒

Chile m.

智利
[chí-le]
ㄑ咧

chocar v.

撞擊
[cho-kár]
糗尬兒

chuleta f.

肉排
[chu-lé-ta]
啾ㄌㆤ瘩

macho m.

男子漢
[má-cho]
媽糗

▶ chu 的發音類似「哈啾」的第二音節。

nota

會話開口說

❶ Ese chico de pelo rizado gana el primer premio.

[ése] [chí-ko] [de] [pé-lo] [r̄i-θá-do] [gá-na] [el] [pri-mér] [pré-mio]

那個捲髮男孩贏得首獎。

- -

❷ ¿Me va bien esta chaqueta roja?

[me] [vá] [bién] [és-ta] [cha-ké-ta] [ró-xa]

這件紅色外套適合我嗎？

- -

❸ Puedes chatear conmigo por medio de mensajes privados.

[pué-des] [cha-te-ár] [kon-mí-go] [por] [mé-dio] [de] [men-sá-xes] [pri-vá-dos]

你可以通過私訊跟我聊天。

- -

❹ De segundo, querría la chuleta de cerdo frita.

[de] [se-gún-do] [ke-r̄í-a] [la] [chu-lé-ta] [de] [θér-do] [frí-ta]

主菜部分，我要炸豬排。

◆segundo是「第二」之意，點菜時指的就是前菜之後的主菜。

Ese chico de pelo rizado
gana el primer premio.

Dd

Daniel
丹尼爾

字母
讀音

D 的字母讀音為 de [de]

　　[de] 是一個強調有聲的齒背音。舌尖碰觸上排齒背位置，震動聲帶發出 [d] 的聲音，比起英文的 d 來說，多了點濁音，加上母音 e，可用英文中 they(他們) 這個單字去聯想。

音標
讀音

D 在單字中的音標讀音為 [d]

　　音標 [d] 是一個子音。儘管西班牙語的自然發音教學中，可以感受到 d 的正確發音與英文 d 不同，也就是說，西文中音標 [d] 並非注音符號中的「ㄉ」，而是較混濁的發音，有時會看到不少教學資源中以 [ð] 來標示，但是在本書中，採用符合 RAE 的解釋，仍是以 [d] 為標記。

　　為了要能發出正確而道地的西文讀音，請留意下列細節：位於字首以及 n、l 之後時，發 [d] 的聲音，像是英文要發出 dog 這個單字時的位置，利用舌尖碰觸上排齒背且聲帶有震動的聲音。而 d 位於其他位置時，發出明顯的濁音 [ð]，可用英文 the 單字去聯想。想要正確發出 [ð] 的聲音，需要先將舌尖輕觸上門牙下緣，隨之舌頭快速在上下齒間發出輕微的摩擦音，是介於注音符號「ㄉ」跟「ㄊ」之間的發音。至於 d 置於字尾時，則是極短的發音，只做出動作，但不實際唸出明顯的尾音。

給初學者的貼心小提醒

　　D 的音標常常與 t 的音標拿來做濁音與清音的對比。在西班牙語中，英文發音方式的 [t] 送氣音不存在，單字中看到 t，要將送氣音改為注音符號「ㄉ」的發音。也就是說，西文 t 是清音，而 d 則是濁音。西文中，d 跟 t 乍聽之下非常雷同，發音時要注意舌尖的位置，可避免拼錯字。而聆聽對方說話時，也可觀察一下嘴型，有助於區分。我們利用兩個常見的單字 dé 跟 té 來比較一下　前面像是加強重音的英文單字 they 發音，而後者的發音則是像台語中「壓住」的「壓」，嘴型較開，ㄉ發音較清楚。別忘了！看到 d，舌頭往前向上下齒間的門牙伸一下，才不容易發成 t 喔！

單字練習

seda **f.**	adiós **interj.**	dos **adj.**
絲綢	再見	二
[sé-da]	[a-diós]	[dós]
ㄙㄝ ㄉㄚ·	啊梨喔嘶	豆嘶

ciudad **f.**	diente **m.**	ayudar **v.**
城市	牙齒	幫忙
[θiu-dád]	[dién-te]	[a-yu-dár]
熄無大	迪驗ㄉㄝ·	啊 +（英文的）you + 大兒

madre **f.**	estudiante **m.** **f.**
媽媽	學生
[má-dre]	[es-tu-dián-te]
媽的咧	ㄝ·嘶嘟迪暗ㄉㄝ·

▶ 的確，中文聽起來很像是不好聽的髒話。但 d 發音要注意是濁音，需要增加舌尖向前的強調動作。

◆ 上列單字練習中的中文恰似音，因為中文裡沒有直接對應西語中的 [d] 濁音，因此都需留意舌尖向前的發音位置。

❶ Buenas noches, adiós.

[bué-nas] [nó-ches] [a-diós]

晚安，再見！

. . . .

❷ Tengo dos bicicletas.

[tén-go] [dós] [bi-θik-lé-tas]

我有兩台腳踏車。

. . . .

❸ Mi madre es maestra.

[mi] [má-dre] [és] [ma-és-tra]

我媽媽是老師。

. . . .

❹ ¿Me puedes ayudar? / ¿Puedes ayudarme?

[me] [pué-des] [a-yu-dár] / [pué-des] [a-yu-dár-me]

你可以幫我嗎？

Tengo dos bicicletas.

E e

Estela
艾斯特拉

字母讀音

E 的字母讀音為　e [e]

　　E 的西班牙語字母讀音，並沒有像英文般特別拉長音而收在 i 的嘴型，而是舌頭維持在中間位置，以張開時的嘴型發出 [e] 聲音。西文中看到 e，可以用中文注音符號裡頭的「ㄝ」去聯想。

音標讀音

E 在單字中的音標讀音為　[e]

　　E 的音標讀音與字母讀音相同，比起英文來說，e 在西文中的音標簡單多了，就只有 [e] 一種讀音。e 的發音位置沒有像 a 那麼低，但是一樣是個強母音。e 可以單獨一個音節，也可以跟子音組合成音節來發音，或者跟其他的弱母音組合成雙母音甚至三母音來構成音節。e 可置於字首、字中或字尾，也可以單獨存在。

給初學者的貼心小提醒

　　E 是母音，出現在詞彙中的比例很高。大多數的初學者在先學過英文才接觸西班牙文的狀況下，很容易一聽到 e，就以為是英文字母 a 的聲音。此外，剛開始可能會有疑問要發長音還是短音，但其實西文中 e 的發音比英文來得簡單多了，就是一種發音方式 [e] 而已，可以用中文注音符號ㄝ的發音來記憶。

idea f.

主意
[i-dé-a]
以ㄅㄝˋ啊

▶ de是濁音。

médico m.

醫生
[mé-di-ko]
ㄇㄝ ㄅ一‧ㄍㄛ‧

▶ d為濁音，co並非送氣音。

juego m.

遊戲
[xué-go]
湖ㄝ ㄍㄡ‧

▶ j的發音似注音的ㄏ，而g是濁音。

Barcelona

巴塞隆納
[bar-θe-ló-na]
閩南語 [肉] + ㄙㄟ‧ㄌㄛ哪

▶ r跟在ba後增加一個短短的尾音。

maestra f.

女老師
[ma-és-tra]
嘛ㄝ嘶的啦

cantante m. f.

歌手
[kan-tán-te]
感蛋ㄅㄝ‧

leer v.

閱讀
[le-ér]
磊ㄝˋ兒

▶ r置於母音後並非等同「兒」的發音，只需短促地做類似ㄌ的收音。

escuela f.

學校
[es-kué-la]
ㄝˇ嘶古ㄝ啦

▶ cu是清音，並非送氣音。

❶ Buena idea.

[bué-na] [i-dé-a]

好主意！

- -

❷ El padre de Ana es médico.

[el] [pá-dre] [de] [á-na] [es] [mé-di-ko]

安娜的爸爸是醫生。

- -

❸ Los juegos son malos.

[los] [xué-gos] [són] [má-los]

那些遊戲是不好的。

- -

❹ Yo soy española, de Barcelona.

[yó] [sóy] [es-pa-ñó-la] [de] [bar-θe-ló-na]

我是西班牙人，來自於巴塞隆納。

El padre de Ana es médico.

F f

Fernando
費南多

 字母讀音

F 的字母讀音為 efe [éfe]

　　由兩個音節組合發音，先發母音 [e]，再發 [fe]，重音落在倒數第二音節，也就是第一個 [e] 上頭。可以用中文注音符號的「ㄝ ㄈ ㄝ ‧」來聯想。

 音標讀音

F 在單字中的音標讀音為 [f]

　　[f] 這個音標對中文母語學習者來說，並不陌生，從注音符號的「ㄈ」可以理解，也就是中文字「發」的前音。另外，學過英文的學習者也能直接以 [f] 的無聲唇齒音來聯想，這是一個藉由上排牙齒微咬下嘴唇而發出的摩擦音。[f] 是一個子音，可以放在字首、字中，也可以放在字尾。

給初學者的貼心小提醒

　　F 的音標因為跟大多數學習者所接觸過的語言——中文及英文——有雷同的發音，因此不算困難。要將這個聲音發得標準，只要掌握勿把「ㄈ」發成了「ㄏ」，基本上是沒有大問題的！搭配五個母音來看，fa、fe、fi、fo、fu 可試著用「發」、「飛」、「ㄈ一」、「佛」、「福」來聯想喔！

sofá m.

沙發
[so-fá]
ㄙㄛˇㄈㄚˋ

▶ 外來字，但重音是落在後方。

frío m.

冷
[frí-o]
ㄈ・ㄌ喔

▶ r並非像英文音標中較圓的發音。

familia f.

家庭
[fa-mí-lia]
法咪哩呀

fama f.

聲譽
[fá-ma]
發嘛

golf m.

高爾夫球
[gólf]
夠兒ㄈ・

▶ go是濁音，下巴需要再向前些。

flor f.

花
[flór]
ㄈ・漏兒

▶ r置於母音後並非等同「兒」的發音，只需短促地做類似ㄌ的收音。

oficina f.

辦公室
[o-fi-θí-na]
喔ㄈㄧ・希哪

feliz adj.

快樂的
[fe-líθ]
匪力嘶

❶ El sofá nuevo es grande y cómodo.
[el] [so-fá] [nué-vo] [és] [grán-de] [i] [kó-mo-do]
新的沙發大又舒適。

❷ Hoy hace mucho frío.
[óy] [á-θe] [mú-cho] [frí-o]
今天天氣好冷。

❸ ¿Cuántos sois en tu familia?
[kuán-tos] [sóis] [en] [tu] [fa-mí-lia]
你們家有幾個人？

❹ Gabriel García Márquez es un escritor de fama internacional.
[ga-briél] [gar-θí-a] [már-keθ] [és] [ún] [es-kri-tór] [de]
[fá-ma] [in-ter-na-θio-nál]
馬奎斯是位享有國際聲譽的作家。

Hoy hace mucho frío.

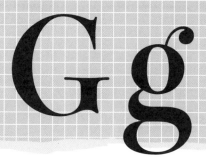

Gloria
葛蘿莉亞

字母讀音

G 的字母讀音為 ge [xe]

　　字母 g 的讀音類似注音符號的「ㄏ」加上「ㄝ」的組合，可用英文的 hey 這個單字去掉 y 的收尾音來聯想。要注意的是，西班牙文在 ge 中發出送氣音的 [x]，也就是 KK 音標的 [h]，要比注音符號的「ㄏ」用力一些，多了點喉音。

音標讀音

G 在單字中的音標讀音為濁音 [g] **及氣音** [X]

　　在西班牙文中，g 的音標有兩種讀音。g 搭配 a、o、u 時，發濁音的 [g]。g 搭配 e 或 i 兩個母音，發音近似英文 hat 的 h 送氣音，但氣流較強，也就是類似注音符號的「ㄏ」，IPA 國際音標以 [x] 為標記。

　　還需要留意的是，gue 及 gui 組合時，g 發濁音 [g]，且組合中的 u 不發音。此外，有兩種組合：güe[gue] 及 güi[gui]，組合中的 u 上頭加了兩點，並未被列為字母，只是為了區分與上述 u 不發音的 gue[ge] 跟 gui[gi] 之間的差異。例如：企鵝 pingüino[pin-guí-no] 跟吉他 guitarra[gi-tá-rra]。

G 的濁音 [g] 音標，很多人會認為就是跟英文的 [g] 發音相同，但事實上，若沒有區分這兩者的差異，就會把 g 發成西文中的 [k]，也就是字母 c 及 q 的音標囉！想把 [g] 的濁音發出正確的讀音，小秘訣就是將下巴往前伸一些，較能帶出這樣的濁音感！

單字練習

gato m.	guapo adj. m.	gemelo m.
（公）貓	帥的／帥哥	雙胞胎
[gá-to]	[guá-po]	[xe-mé-lo]
嘎ㄅㄡ·	瓜蔔	嘿ㄇㄟ嘍
▶ga是濁音。	▶g為濁音，p非氣音。	

guía m. f.	bilingüe adj.	gris adj.
導遊	雙語的	灰色的
[gía]	[bi-lín-gue]	[grís]
ㄍㄧˋ呀	比吝鬼	個力嘶
▶g是濁音。	▶g是濁音，u有兩點要發音。	▶g是濁音。

gigante m.	albergue m.
巨人	旅店
[xi-gán-te]	[al-bér-ge]
ㄏㄧ·ㄍㄢˋㄉㄝ·	啊兒＋台語的 [要]＋給
▶g為濁音。	▶l 和 r 在母音後出現，為短促的收尾音；g是濁音。

❶ Los perros y los gatos son las mascotas preferidas.

[los] [pé-r̄os] [i] [los] [gá-tos] [són] [las] [mas-kó-tas] [pre-fe-rí-tas]

狗和貓是最受喜愛的寵物。

. . . .

❷ Tu hermano es bastante guapo.

[tu] [er-má-no] [és] [bas-tán-te] [guá-po]

你哥相當帥。。

. . . .

❸ Daniel va al gimnasio tres veces por semana.

[da-niél] [vá] [al] [xim-ná-sio] [trés] [vé-θes] [por] [se-má-na]

丹尼爾一週去三次健身房。

. . . .

❹ Anoche me alojé en un albergue juvenil.

[a-nó-che] [me] [a-lo-xé] [en] [ún] [al-bér-ge] [xu-ve-níl]

昨晚我住在青年旅館。

Los perros y los gatos son las mascotas preferidas.

Hh

Hugo
烏戈

E.Huang

字母讀音

H 的字母讀音為 **hache** [áche]

　　字母 h 的讀音恰似中文「阿ㄑㄧㄝ˙」的發音。在學過了 ch 的讀音後，可以用「阿」去加上 ch 的讀音 [che] 來記。在學習字母讀音時，聯想 ch 跟 h 不妨用「切啊切」去記。

音標讀音

H 在單字中的音標讀音為 [不發音]

　　在西班牙文中，看到 h 不發音。也就是說，搭配五個母音的 ha、he、hi、ho、hu 五種組合，其實只有發出五個母音的聲音 「ㄚ」、「ㄝ」、「ㄧ」、「ㄛ」、「ㄨ」。我們以最簡單，也最常聽到的打招呼語 hola 來看，台灣有間家具寢飾店的名稱剛好也是這個拼字，以英文發音會唸成「ㄏㄡ啦」，但是在西班牙文裡，正確的讀音為「ㄛ啦」才對，並沒有英文 h 的送氣音。

給初學者的貼心小提醒

H 的字母讀音在西文中的標示為 hache，初學者在剛開始看到時，第一個音節 ha 的部分容易受到英文音標影響，發成「哈」。需要注意的是，西文中這個 [ch] 的發音，嘴型沒有過於圓唇，是較類似注音符號中的「ㄑㄧ」，而不是「ㄑㄩ」。

單字練習

hola **interj.**	hacer **v.**	hielo **m.**
哈囉	做	冰塊
[ó-la]	[a-θér]	[ié-lo]
ㄛ啦	啊ㄙㄟˋ兒	以ㄝ嘍

ahí **adv.**	ahora **adv.**	hombro **m.**
那裡	現在	肩膀
[a-í]	[a-ó-ra]	[óm-bro]
啊義	啊ㄛ啦	甕蔔嘍
	▶ ra 的發聲位置比 la 往內。	▶ b 是濁音。

alcohol **m.**	zanahoria **f.**
酒精	紅蘿蔔
[al-ko-ól]	[θa-na-ó-ria]
啊爾狗嘔兒	撒哪歐哩啊
▶ 連續兩個重母音 o 皆發音。	

❶ Hola, ¿está Camila, por favor?

[ó-la] [es-tá] [ka-mí-la] [por] [fa-vór]

哈囉，請問卡蜜拉在嗎？

. . . .

❷ ¿Qué vamos a hacer?

[ké] [vá-mos] [a] [a-θér]

我們要做什麼呢？

. . . .

❸ Quiero un café con hielo.

[kié-ro] [ún] [ka-fé] [kon] [ié-lo]

我要一杯冰咖啡。（指：加了冰塊的咖啡）

. . . .

❹ Nadie está disponible ahora mismo.

[ná-die] [es-tá] [dis-po-ní-ble] [a-ó-ra] [mís-mo]

我現在沒有人可以接聽。（在電話情境中）

Quiero un café con hielo.

I i

Inés
苡內絲

字母讀音

I 的字母讀音為 i [i]

　　西班牙文字母 i 的讀音就是學習英文時，字母 e 的讀音，可用中文注音的「一」去聯想。發音時，嘴型往兩側拉開，舌尖會輕輕碰觸到下方門牙。

音標讀音

I 在單字中的音標讀音為 [i]

　　I 為弱母音，西文單字中看到 i，唸法如英文音標中偏長音的 i，沒有第二種發音方式，算是很好記的喔！

給初學者的貼心小提醒

　　I 的字母讀音跟音標是同一個發音 [i]，初學者剛開始會問：「是長音還是短音啊？」西文中的 i 是嘴型往兩側拉開，偏長音。要留意的是 i 屬於弱母音，除了刻意加上重音的 í 之外，平常 i 在雙母音或三母音組合中出現時，重音會在強母音上。例如：旅行 viaje[viá-je] 的重音在強母音 a，扇貝 vieira[viéi-ra] 的重音在強母音 e 上。

ir **v.**

去
[ír]
意兒

▶ r在母音後，往中間齒齦上方短促收尾。

inútil **adj.**

無用的
[i-nú-til]
以ㄋㄨ底兒

▶ l在母音後，往上門牙短促收尾。

chino **m.** **adj.**

中文、中國的
[chí-no]
妻ㄋㄛ‧

policía **m.** **f.**

警察
[po-li-θía]
葡理系啊

isla **f.**

島嶼
[ís-la]
一嘶啦

hijo **m.**

兒子
[í-xo]
醫ㄏㄛ‧

miedo **m.**

恐懼
[mié-do]
米ㄝㄉㄡ‧

paisaje **f.**

風景
[pai-sá-xe]
百撒嘿

nota

1 **¿Te duele el estómago? Tienes que ir al médico.**

[te] [dué-le] [el] [es-tó-ma-go] [tié-nes] [ke] [ír] [ál]
[mé-di-ko]

你胃痛嗎？你必須去看醫生。

---

2 **¿Hablas chino?**

[á-blas] [chí-no]

你會講中文嗎？

---

3 **Soy hijo único.**

[sóy] [í-xo] [ú-ni-ko]

我是獨生子。

---

4 **¡No tengas miedo!**

[nó] [tén-gas] [mié-do]

你不要害怕！

¡No tengas miedo!

J j

Jaime
海梅

E. Huang

字母讀音 J 的字母讀音為 jota [xóta]

　　J 的字母讀音唸起來很像飲酒作樂時，用閩南語說的「乎乾啦」前兩個音節恰似音。其正確讀音可用注音符號的「ㄏㄛ ㄉㄚ ˙」來記。最常見的錯誤是發成了「糾ㄊㄚ ˙」，主要原因就是誤以英文噘起嘴巴來的 j 去聯想，也忘了 t 不是送氣音。

音標讀音 J 在單字中的音標讀音為 [x]

　　IPA 國際音標的 [x] 可以用我們的注音符號「ㄏ」去聯想，但是差異在於 [x] 著重由舌頭後方帶動氣流往前。如同英文中看到 h 的發音一般，是靠近軟顎，發出聲帶不振動的氣音。

給初學者的貼心小提醒

　　J 的音標很容易受到學習英文的影響，一看到時就想發出嘴巴嘟起來 [dʒ] 的讀音，但實際上，正確的發音是 [x]，也就是在英文中看到 h 的發音方式。因此，建議可以用一個有趣又容易記住的方式來聯想：想一想我們中文的「哈哈哈」，在英文的表達是書寫成「Ha ha ha」；但這若是出現在西班牙文中，

發音可成為了「啊啊啊」。也就是說：當我們在網路世界跟西語系國家朋友聊天時，想藉由書寫來傳遞笑聲的「哈哈哈」，是要寫成「Ja ja ja」才對喔！

單字練習

jamón m.

火腿
[xa-món]
ㄏㄚ‧夢

jaula f.

籠子
[xáu-la]
ㄏㄠ啦

reloj m.

手錶、時鐘
[r̄e-lóx]
雷漏ㄏ‧

ojo m.

眼睛
[ó-xo]
喔ㄏㄡ‧

jugo m.

果汁
[xú-go]
呼ㄍㄛ‧

jirafa f.

長頸鹿
[xi-rá-fa]
ㄏㄧ‧拉ㄈㄚ‧

jubilado adj.

退休的
[xu-bi-lá-do]
湖比拉ㄉㄛ‧

▶ do為濁音。

jefe m.

老闆、領袖
[xé-fe]
ㄏㄝ ㄈㄝ‧

❶ Quiero un bocadillo de jamón.
[kié-ro] [ún] [bo-ka-dí-llo] [de] [xa-món]
我想要一個火腿潛艇堡。

- -

❷ Flora tiene los ojos grandes.
[fló-ra] [tié-ne] [los] [ó-xos] [grán-des]
芙蘿拉有著一雙大眼睛。

- -

❸ La jirafa es el animal más alto del mundo.
[la] [xi-rá-fa] [és] [el] [a-ni-mál] [más] [ál-to] [del] [mún-do]
長頸鹿是世界上最高的動物。

- -

❹ Mis padres están jubilados.
[mis] [pá-dres] [es-tán] [xu-bi-lá-dos]
我爸媽退休了。

La jarafa es el animal
más alto del mundo.

Karina
卡莉娜

K k

字母讀音

K的字母讀音為　**ka [ka]**

　　K 在西班牙文單字中出現的機會鮮少，若有，大多是外來字。k 的字母讀音為 ka[ka]，讀法同中文注音符號的ㄍㄚ。

音標讀音

K在單字中的音標讀音為　**[k]**

　　看到 k 出現在字中的讀法，與西文中字母 c 搭配母音 a、o、u 時的讀法相同，其音標為 [k]，為軟顎音，但並非英文 k 的送氣音，而是如同中文注音符號ㄍ的清音。搭配五個母音的 ka、ke、ki、ko、ku，發音方式可參照ㄍㄚ、ㄍㄝ、ㄍㄧ、ㄍㄛ、ㄍㄨ。

給初學者的貼心小提醒

　　西文中，儘管與 k 的拼字相關詞彙不常見，但是仍要小心其發音並不是英文 [k] 的送氣音。也就是說，在英文中 [ka] 的發音像是中文裡頭咖啡色的「ㄎㄚ」，但是在西文中，[ka] 則讀為「ㄍㄚ」。

kilómetro m.

公里
[ki-ló-me-tro]
ㄍㄧ˙ㄌㄛ 妹的ㄌㄛ˙

koala m.

無尾熊
[ko-á-la]
狗阿啦

Kenia n.

肯亞
[ké-nia]
ㄍㄝ 你呀

kiwi m.

奇異果
[kí-ui]
ㄍㄧ 屋ㄧ˙

karaoke m.

卡拉 OK
[ka-ra-ó-ke]
ㄍㄚˇ拉 OK

parking m.

停車場
[pár-kiŋ]
八ㄍㄧㄥ˙

karate m.

空手道
[ka-rá-te]
ㄍㄚˇ拉 ㄉㄝ˙

kimono m.

和服
[ki-mó-no]
ㄍㄧ˙ㄇㄛ ㄋㄛ˙

nota

❶ La estación de autobuses está a cinco kilómetros.

[la] [es-ta-θión] [de] [au-to-bú-ses] [es-tá] [a] [θín-ko] [ki-ló-me-tros]

公車站五公里遠。

❷ No hay ningún parking cerca de aquí.

[nó] [áy] [nin-gún] [pár-kiŋ] [θér-ka] [de] [a-kí]

這附近沒有任何停車場。

❸ El karate es uno de los deportes olímpicos.

[el] [ka-rá-te] [és] [úno] [de] [los] [de-pór-tes] [o-lím-pi-kos]

空手道是奧林匹克的運動之一。

❹ El kimono es una prenda tradicional japonesa.

[el] [ki-mó-no] [és] [ú-na] [prén-da] [tra-di-θio-nál] [xa-po-né-sa]

和服是日本的傳統服裝。

El karate es uno de los deportes olímpicos.

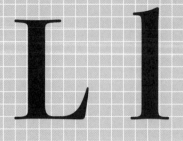 

León
萊昂

字母讀音

L 的字母讀音為 ele [éle]

　　字母表的排序中，從 l 到 ñ 的字母讀音組合模式很類似，都是以 e 為開頭；以 l 來說，其字母讀音為 ele[éle]，讀法同中文注音符號的「ㄝ ㄌㄝ ‧」。

音標讀音

L 在單字中的音標讀音為 [l]

　　L 為一個舌尖往上排牙齒後方齒齦位置，利用反彈力而發出的邊音。放在母音前的發音方式與英文的 [l] 相同，可以用注音符號的「ㄌ」聯想。放在母音後時，則為一個短短的停留音。

給初學者的貼心小提醒

　　L 放在母音前時，舌頭利用於上齒齦彈動的動作而發出 [l]，以及收尾的停留音，對於學過英文的學習者來說，不難理解。然而，需要注意的是，若出現在母音之後，收尾的嘴型不像英文那麼圓，尾音也沒有那麼長，反而是要把舌尖停留在上排牙

齒的後方，做一個短短的停留音即可。就像皮膚 piel[piél] 這個例字，若收尾音過長，很容易多了一個「兒」的聲音，成了「比ㄝˋ兒」，但若是不做一個短短的停留上齒齦音，唸起來就會是另一個單字：腳 pie[pié]。

單字練習

luz f.	salón m.
光線	客廳
[lúθ]	[sa-lón]
路嘶	傻ㄌㄨㄥˋ

inglés m. adj.	lavar v.
英文、英國的	洗
[iŋ-glés]	[la-bár]
影個累死	喇霸兒

lujo m.	película f.
豪華	影片
[lú-xo]	[pe-lí-ku-la]
嚕ㄏㄡ·	北哩ㄍㄨ·啦

falda f.	miel f.
裙子	蜂蜜
[fál-da]	[miél]
發了瘩	米ㄝˋ兒

❶ Mi habitación da mucha luz.

[mi] [a-bi-ta-θión] [dá] [mú-cha] [lúz]

我的房間採光良好。

- -

❷ Los domingos por la tarde lavo la ropa.

[los] [do-mín-gos] [por] [la] [tár-de] [lá-vo] [la] [ró-pa]

週日下午我洗衣服。

- -

❸ No me gustan las películas de terror.

[nó] [me] [gús-tan] [las] [pe-lí-ku-las] [de] [te-r̄or]

我不喜歡恐怖片。

- -

❹ ¡Que tengáis una luna de miel inolvidable!

[ke] [ten-gáis] [ú-na] [lú-na] [de] [miél] [i-nol-vi-dá-ble]

祝你們有個難忘的蜜月旅行！

¡Que tengáis una luna de miel inolvidable!

LL ll

Llona
優娜

字母讀音

LL的字母讀音為 **elle** [**élle**]

　　字母 ll 的讀音恰似注音符號「ㄝ」加上「一ㄝ‧」的組合發音。跟 ch 同屬雙字母組合，儘管於 1994 年舉行的第十屆西班牙皇家學院召開大會上，決定不列入現代排序的西語字母表中，但仍維持其專屬發音，不能拆開視為兩個 l。

音標讀音

LL在單字中的音標讀音為 [j]，本書中將以 [ll] 表示

　　看起來像是兩個 l 組合而成的雙字母 ll 出現在單字中時，要發出類似英文單字 yes 中的 y 發音 [j]。其發音方式可將嘴型拉平，發出較扁音的「意」。但是在部分西語系地區，例如：阿根廷，看到 ll 出現在單字中，會發出類似中文注音符號「ㄐㄩ‧」或者「ㄒㄩ‧」的發音；可看到國際音標 [ʎ] 的標示方式，然而本書綜合上述不同的口音標示符號，將直接以 [ll] 來代表這些發音。

給初學者的貼心小提醒

　　在西班牙和拉丁美洲的大部分地區，ll 這個二合字母在單字中的發音與子音的 y 相同，也就是如英文 yes 的前音。然而在阿根廷和烏拉圭，ll 的發音卻是 [ʃ]，如英文單字中 shirt(襯

衫）中的「sh」。換言之，當 ll 出現在單字中時，可能產生口音差異！建議大家可以最常見的唸法為基本學習目標，但仍需明白發音的差異，若有需要，可因使用區域的差別而調整。

單字練習

llamarse v.

叫……名字
[lla-már-se]
亞罵了ㄙㄝ·

llorar v.

哭泣
[llo-rár]
唷辣兒

lluvia f.

雨
[llú-bia]
英文 you + 台語 [躲啊]

caballo m.

馬
[ka-bá-llo]
ㄍㄚ· + 台語的 [肉] + 唷

pollo m.

雞肉
[pó-llo]
ㄅㄛ 唷

llave f.

鑰匙
[llá-be]
鴨 + 台語的 [要]

mantequilla f.

奶油
[man-te-kí-lla]
滿ㄅㄝ·ㄍ一呀

llegada f.

抵達
[lle-gá-da]
爺嘎瘩

❶ No podremos hacer el pícnic por la lluvia.
[nó] [po-dré-mos] [a-θér] [el] [pík-nik] [por] [la] [llú-bia]
因為下雨，我們沒辦法去野餐了。

❷ Todavía no hemos encontrado la llave.
[to-da-vía] [nó] [é-mos] [en-kon-trá-do] [la] [llá-be]
我們還沒找到鑰匙。

❸ ¿Engorda desayunar tostadas con mantequilla?
[en-gór-da] [de-sa-yu-nár] [tos-tá-das] [kon] [man-te-kí-lla]
早餐吃吐司抹奶油會發胖嗎？

❹ Con la llegada de la primavera, van a empezar las fiestas.
[kon] [la] [lle-gá-da] [de] [la] [pri-ma-bé-ra] [ván] [a]
[em-pe-θár] [las] [fiés-tas]
隨著春天的到來，慶祝活動將開始。

Todavía no hemos
encontrado la llave.

Marina
瑪莉娜

Mm

字母讀音 M 的字母讀音為　**eme** [éme]

延續 l 的字母讀音方式，m 的讀音也是以 e 為開頭，讀法同中文注音符號的「ㄝㄇㄝ‧」。

音標讀音 M 在單字中的音標讀音為　[m]

在母音前跟在母音後的 m 雖有不同的音標，但對於學過英文的朋友並不陌生。m 出現在母音前時，就像發出中文注音符號的「ㄇ‧」，例如與五個母音組合時，ma、me、mi、mo、mu 就如同發出ㄇㄚ、ㄇㄝ、ㄇㄧ、ㄇㄛ、ㄇㄨ。而出現在母音後時，就是英文中字母 m 的子音發音方式，呈現雙唇闔上，透過鼻腔帶動氣流而發出的鼻音。

給初學者的貼心小提醒

有些人對於 m 跟 n 的字母發音分得不夠清楚，但是，基本上把握住這個要點：m 是發出 e 之後嘴唇向下，n 是發出 e 之後舌尖向上碰觸上齒齦，兩個相似的鼻音就可以有明顯的區隔囉！

madera f.

木頭

[ma-dé-ra]

馬ㄅㄜ啦

menor adj.

較年幼的

[me-nór]

每ㄋㄜˋ兒

muralla f.

城牆

[mu-rá-lla]

母拉呀

humor m.

幽默

[u-mór]

五莫兒

álbum m.

相簿

[ál-bum]

阿了ㄅㄨㄣ·

tamaño m.

大小

[ta-má-ño]

打媽ㄋㄧㄛ·

móvil adj. m.

移動的／手機

[mó-bil]

摸＋台語的[躲]

miembro m.

成員

[miém-bro]

米 m 葡ㄅㄛ·

nota

❶ Estos juguetes son de madera.

[éstos] [xu-gé-tes] [són] [de] [ma-dé-ra]

這些玩具是木製的。

❷ Vivo con mi hermano menor.

[vívo] [kon] [mi] [er-má-no] [me-nór]

我跟我弟弟一起住。

❸ ¡Déjame en paz! Estoy de mal humor.

[dé-xa-me] [en] [páθ] [es-tóy] [de] [mál] [u-mór]

別打擾我！我心情不好。

❹ ¿Cómo saber el tamaño de mi teléfono móvil?

[kó-mo] [sa-bér] [el] [ta-má-ño] [de] [mi] [te-lé-fo-no]
[mó-bil]

如何知道我的手機尺寸呢？

¡Déjame en paz!
Estoy de mal humor.

N n

Natalia
娜塔莉亞

字母讀音

N的字母讀音為　ene [éne]

　　字母 n 的讀音恰似中文注音符號的「ㄝ ㄋㄝ˙」，抑或我們以英文字母 a 的發音來起頭，用個有趣的聯想法來記，想想：對我有恩的人，成績也很好，都是拿 A 呢！取其「有恩 (n)，A 呢！」之意。

音標讀音

N在單字中的音標讀音為母音前的 [n] 與母音後的 [n] 及 [ŋ]

　　在西班牙文中，當 n 出現在母音之前，發音像是中文注音「ㄋ」，其實就跟英文一樣，發音時舌尖輕觸上齒齦並發出鼻音。配上五個母音就是 na、ne、ni、no、nu（ㄋㄚ、ㄋㄟ、ㄋㄧ、ㄋㄛ、ㄋㄨ）。而出現在母音之後，則是發像是英文字母 n 一樣的字母讀音方式 [n] 發音，也就是中文注音符號的「ㄣ」。但要特別注意的是：n 放在 [k]、[g]、[x] 這三種音標前，則會改成 [ŋ] 的音標。比較一下這兩種讀音，會發現：要發出 [ŋ]，需要利用鼻腔共鳴，以發音動作來看，鼻頭會往上再皺一點。像是：五 cinco[θíŋ-ko]、探戈 tango[táŋ-ko]，以及天使 ángel[áŋ-xel]。

N 放在母音前以及母音後的音標，大多與英文的 n 是相同的，只要特別留意一下當 [n] 在音標 [k]、[g] 以及 [x] 前面時，會轉為英文 sing 中的 [ŋ] 發音，也就是注音符號的「ㄥ」即可。

單字練習

mano f.	cantar v.
手	唱歌
[má-no]	[kan-tár]
媽ㄋㄛ·	敢大兒

melocotón m.	cinco adj.
水蜜桃	五
[me-lo-ko-tón]	[θíŋ-ko]
沒囉ㄍㄛˇ凍	姓ㄍㄛ·

ángel m.	atún m.
天使	鮪魚
[áŋ-xel]	[a-tún]
骯嘿兒	啊頓

nadie pron.	nadar v.
沒人	游泳
[ná-die]	[na-dár]
ㄋㄚ ㄉㄧ·耶	哪大兒

❶ Nadie está en casa.
[ná-die] [es-tá] [en] [ká-sa]
沒人在家。

❷ Hay que lavarse las manos antes de comer.
[ái] [ke] [la-vár-se] [las] [má-nos] [án-tes] [de] [ko-mér]
飯前要洗手。

❸ A Mario le encanta nadar.
[a] [má-rio] [le] [en-kán-ta] [na-dár]
馬力歐超喜歡游泳。

❹ En la mesa hay cinco melocotones.
[en] [la] [mé-sa] [ái] [θíŋ-ko] [me-lo-ko-tó-nes]
桌上有五顆水蜜桃。

Hay que lavarse las manos antes de comer.

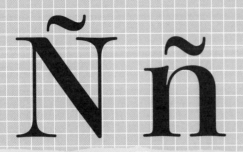

▶ MP3 2-17

Ñ ñ

Ñasaindy
娜賽迪

字母讀音

Ñ 的字母讀音為　eñe [éñe]

　　這是個西文中特有的字母，排序列於字母 n 之後。字母讀音可分為兩個部分，先以 e 為開頭，再加上 ñe 的鼻音組合而成。發音同中文注音符號的「ㄝ ㄋㄧㄝ˙」。

音標讀音

Ñ 在單字中的音標讀音為　[ñ]

　　Ñ 為一個硬顎鼻音，發音時結合口腔與鼻腔共鳴。就 IPA 國際音標來標示，會看到使用 [ɲ] 符號，而本書直接採用 [ñ]，表示當我們在單字中看到 ñ，其發音同中文注音符號的ㄋㄧ。練習與五個母音組合時，ña、ñe、ñi、ño、ñu 可用中文的「ㄋㄧㄚ」、「ㄋㄧㄝ」、「鼻音加重的ㄋㄧ」、「ㄋㄧㄛ」、「ㄋㄧㄨˋ」來聯想。

給初學者的貼心小提醒

　　在 n 上頭加上波浪符號，表示是一個鼻化的聲音，簡單地來說，ñ 比 n 鼻音加重。若初學者無法確認自己的鼻音是否到位，可以用 Nina 跟 niña 兩個單字來練習如何區辨：Nina 的發音如「ㄋㄧ ㄋㄚ˙」，而 niña 則是「ㄋㄧ ㄋㄧㄚ˙」。建議大家：不妨在練習 ñ 發音時，鼻子皺一點，更能呈現這個鼻音喔！

單字練習

baño m.

廁所、浴室
[bá-ño]
台語的 [肉] + ㄋㄧㄛ·

niña f.

小女孩
[ní-ña]
ㄋㄧ ㄋㄧㄚ·

añadir v.

增加
[a-ña-dír]
啊 ㄋㄧㄚ·地兒

sueño m.

夢、夢想
[sué-ño]
叔 ㄝ ㄋㄧㄛ·

muñeca f.

洋娃娃
[mu-ñé-ka]
母捏ㄍㄚ·

montaña f.

山
[mon-tá-ña]
猛搭ㄋㄧㄚ·

reñir v.

吵、罵
[ɾe-ñír]
ㄌㄝ·ㄋㄧˋ兒

▶ ñi 比ni的鼻音來得重。

señora f.

女士、太太
[se-ñó-ra]
ㄙㄝˇㄋㄧㄡˋ啦

nota

❶ El baño está al final del pasillo.

[el] [bá-ño] [es-tá] [al] [fi-nál] [del] [pa-sí-llo]

廁所就在走廊盡頭。

❷ Usted puede añadir varios enlaces a su perfil.

[us-téd] [pué-de] [a-ña-dír] [bá-rios] [en-lá-θes] [a] [su]

[per-fíl]

您可以將多個連結點添加到您的個人資料中。

❸ Trato de realizar mi sueño.

[trá-to] [de] [ɾe-a-li-zár] [mi] [sué-ño]

我努力實現我的夢想。

❹ La señora García es una maestra paciente.

[la] [se-ñó-ra] [gar-θí-a] [és] [ú-na] [ma-és-tra] [pa-θién-te]

加利西亞小姐是一位有耐心的老師。

Trato de realizar mi sueño.

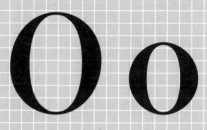

Octavio
歐克達維歐

O o

字母讀音

O的字母讀音為 O [O]

　　O 的字母讀音與音標讀音相同，都是 [o]，是一個重母音，也就是強母音。發音時，嘴型呈現張口的圓唇樣，可以用中文注音符號的「ㄛ」來聯想，又或者是利用台語中的「天黑黑」其中的「黑」讀音來記。

音標讀音

O在單字中的音標讀音為 [O]

　　[o] 為西語五個母音中的其中一個重母音，出現在單字中的比例極高。毋須像英文一樣有長短音之分，勿過度拉長音，請記得是跟字母發音一樣，以注音符號中的「ㄛ」來聯想。

給初學者的貼心小提醒

　　[o] 的讀音不難，最容易被唸錯的方式，是唸成了注音符號中的「ㄡ」。以注音符號中的「ㄛ」跟「ㄡ」來區分，主要差異是「ㄡ」會有一個嘴型從大縮到小的收尾方式，但事實上西班牙語中的母音 [o] 是一個發音位置低，嘴型停頓呈現圓形的重母音，並不需要縮小嘴型多一個拖長音的動作。此外，也要小心的是，先修過英文的學習者，容易受到類似拼字的影響，在某些遇到 o 的狀況下，發成了類似中文ㄚ的聲音，例如：十月的 octubre，正確發音為 [ok-tú-bre]。

oral `adj.`

口說的
[o-rál]
偶辣兒

nombre `m.`

名字
[nóm-bre]
弄蔔咧

feo `adj.`

醜的
[fé-o]
費喔

tío `m.`

叔、伯、舅等
[tí-o]
地喔

cuánto `pron.`

多少
[kuán-to]
慣ㄅㄛ・

copa `f.`

酒杯、獎盃
[kó-pa]
勾吧

comida `f.`

食物
[co-mí-da]
狗咪ㄅㄚ・

león `m.`

獅子
[le-ón]
磊甕

nota

❶ **Ana me ha dado unos consejos para triunfar en el examen oral.**

[á-na] [me] [a] [dá-do] [ú-nos] [kon-sé-xos] [pa-ra] [tri-un-fár] [en] [el] [ek-sá-men] [o-rál]

安娜給了我一些能於口試中勝出的建議。

⋯⋯⋯⋯⋯⋯⋯⋯⋯⋯⋯⋯⋯⋯⋯⋯⋯⋯⋯⋯⋯⋯⋯⋯

❷ **No sé el nombre de la nueva secretaria.**

[nó] [sé] [el] [nóm-bre] [de] [la] [nué-va] [se-kre-tá-ria]

我不知道新來的秘書名字是什麼。

⋯⋯⋯⋯⋯⋯⋯⋯⋯⋯⋯⋯⋯⋯⋯⋯⋯⋯⋯⋯⋯⋯⋯⋯

❸ **El tío Pedro, hermano menor de mi padre, vive en Francia.**

[el] [tí-o] [pé-dro] [er-má-no] [me-nór] [de] [mi] [pá-dre]

[ví-ve] [en] [frán-θia]

我爸的弟弟，貝德羅叔叔，現在住在法國。

⋯⋯⋯⋯⋯⋯⋯⋯⋯⋯⋯⋯⋯⋯⋯⋯⋯⋯⋯⋯⋯⋯⋯⋯

❹ **Argentina es campeón de la Copa Mundial de la FIFA Catar 2022.**

[ar-xen-tí-na] [és] [kam-pe-ón] [de] [la] [kó-pa] [mun-diál] [de] [la] [fí-fa] [ka-tár] [dós míl vein-ti-dós]

阿根廷是2022年卡達世界盃冠軍。

No sé el nombre de la nueva secretaria.

P p

Paula
寶拉

E Huang

字母讀音

P 的字母讀音為 pe [pe]

　　字母 p 的讀音為 [pe]，就像是中文注音符號的「ㄅㄝ」組合發音。常見的錯誤是發成了送氣音的「ㄆㄟ」。一來，[p] 並非送氣音；二來，毋須發出像「ㄟ」般有拉長的尾音。

音標讀音

P 在單字中的音標讀音為 [p]

　　P 的音標 [p]，是一個子音，可以置於字首、字中與字尾。發音就像是中文注音符號的ㄅ，要將雙唇先抿緊，再用力彈出，小心不要發成了中文注音符號的ㄆ。搭配五個母音的組合為 pa、pe、pi、po、pu，發音如同「ㄅㄚ、ㄅㄝ、ㄅㄧ、ㄅㄛ、ㄅㄨ」。

給初學者的貼心小提醒

　　P 的音標容易因為先學了英文的影響，以為發音如同注音符號中的ㄆ，但 p 在西文中的發音並非不發聲的單純氣音，而是有聲的ㄅ。舉一個基礎的單字為例：爸爸 papá[pa-pá]，就像是中文的發音一樣，其正確發音恰如中文語意，只是西文重音在後，唸法如「把爸」。

此外，需要留意的是，p 與 b 是一組清音與濁音的對比組，都是雙唇碰觸的閉塞音。p 屬於清音，發音時嘴型較開，發音較清楚，而 b 則屬於濁音，發音時雙唇較往內抿。

單字練習

peso m.	**pena** f.
重量	刑罰／惋惜
[pé-so]	[pé-na]
ㄅㄝ ㄙㄛ‧	ㄅㄝ 哪

pluma f.	**mapa** m.
鋼筆	地圖
[plú-ma]	[má-pa]
ㄅ‧嚕嘛	媽吧

pasaporte m.	**preparar** v.
護照	準備
[pa-sa-pór-te]	[pre-pa-rár]
吧灑撥了ㄅㄝ‧	ㄅ唎吧辣兒

computadora f.	**piel** f.
電腦	皮膚
[com-pu-ta-dó-ra]	[piél]
拱補瘩兜啦	比ㄝˋ兒

❶ ¿Cuál es el peso máximo para enviar un paquete?

[kuál] [és] [el] [pé-so] [má-si-mo] [pa-ra] [en-viár] [ún]

[pa-ké-te]

寄送包裹的最大重量是多少？

....

❷ Es una pena que no podamos visitar ese museo.

[és] [ú-na] [pé-na] [ke] [nó] [po-dá-mos] [vi-si-tár] [é-se]

[mu-sé-o]

可惜我們不能參觀那個博物館。

....

❸ Según el mapa, tenemos que ir todo recto.

[se-gún] [el] [má-pa] [te-né-mos] [ke] [ír] [tó-do] [r̄éc-to]

根據地圖，我們必須直走。

....

❹ Voy a comprar una computadora nueva.

[vóy] [a] [com-prár] [ú-na] [com-pu-ta-dó-ra] [nué-va]

我要買一部新電腦。

Según el mapa, tenemos
que ir todo recto.

Quico
基戈

Qq

字母讀音 Q 的字母讀音為 **cu** [ku]

Q 的字母讀音就像是中文的「姑」。雖然常見到疑問詞 qué，但字母 q 出現在單字中的頻率不高，其字母讀音很容易被遺忘。那麼，我們不妨用個特別的聯想法來記：想像大寫 Q 就像大大的龜殼，烏龜總藏在裡頭，頂多露個小小的頭在外。看字聯想，Q 想到「ㄍㄨ」，也就是烏龜的閩南語讀音。

音標讀音 Q 在單字中的音標讀音為 [k]

Q 的音標跟字母 k，以及字母 c 搭配 a、o、u 三個母音組合時的音標一樣，都是 [k]。發音時舌頭會平放在下齒齦，發出非氣音的 [k]，如中文注音符號的ㄍ。q 不像一般的子音，可與五個母音組合發音，而是只有 que 與 qui 兩種組合。組合發音時，u 不發音，que 的發音為 [ke]，qui 的發音為 [ki]。

給初學者的貼心小提醒

要正確地唸出 q 的字母讀音與音標，都需要注意 [k] 並非氣音。而且要注意在僅有的 que[ke] 以及 qui[ki] 組合中，u 是沒有發音的。此外，這兩組發音跟 gue[ge] 跟 gui[gi] 對照時，要能夠區分 [k] 為清音，[g] 為濁音。

qué `pron.`

什麼
[ké]
ㄍㄝˋ

queso `m.`

起司
[ké-so]
ㄍㄝ ㄙㄛ·

quiosco `m.`

書報亭
[kiós-ko]
ㄍㄧˊ歐嘶ㄍㄛ·

aquí `adv.`

這裡
[a-kí]
啊ㄍㄧˋ

peluquería `f.`

理髮廳
[pe-lu-ke-rí-a]
唄魯給力呀

querer `v.`

喜歡／想要
[ke-rér]
給淚爾

cheque `m.`

支票
[ché-ke]
切ㄍㄝ·

quién `pron.`

誰
[kién]
ㄍㄧ·欸嗯

nota

會話開口說

❶ ¿Qué es esto?
[ké] [és] [és-to]
這是什麼？

⋯⋯⋯⋯⋯⋯⋯⋯⋯⋯⋯⋯⋯⋯⋯⋯⋯⋯⋯⋯⋯⋯⋯

❷ Me encanta el queso.
[me] [en-kán-ta] [el] [ké-so]
我好愛乳酪。

⋯⋯⋯⋯⋯⋯⋯⋯⋯⋯⋯⋯⋯⋯⋯⋯⋯⋯⋯⋯⋯⋯⋯

❸ Querer es poder.
[ke-rér] [és] [po-dér]
有志者事竟成。

⋯⋯⋯⋯⋯⋯⋯⋯⋯⋯⋯⋯⋯⋯⋯⋯⋯⋯⋯⋯⋯⋯⋯

❹ ¿Quién es esa chica que lleva pelo largo?
[kién] [és] [é-sa] [chí-ka] [ke] [llé-ba] [pé-lo] [lár-go]
那個長髮女孩是誰？

Querer es poder.

Rr

Rita
麗塔

R 的字母讀音為 ere [ére]

　　如同 l 到 ñ 的字母讀音組合模式，都是以 e 為開頭；r 的字母讀音為 ere[ére]，唸法類似中文注音符號的「ㄝ ㄖ ㄝ˙」，但發音時，r 的嘴型較沒有英文的 r 以及中文注音符號中的 ㄖ 那麼圓。

R 在單字中的音標讀音為 [r̄]

　　在單字中看到 r，有兩種發音。第一種狀況 當 r 置於字首或 l、n、s 之後，以及相同的兩個字母 rr 出現在字中時，要發出「多顫音」。發音時舌尖輕輕頂著上齒齦，用點力吐氣讓舌頭連續顫動。這個需要連續顫動舌頭的音標，對於母語中沒有這樣發音的我們來說，不容易立刻就學會，但它可是西班牙語中的特色發音。為了區分，本書將必須連續顫動的 r 音標標示為 [r̄]。第二種狀況則是有聲的「單顫音」，標示為 [r]。發音時將舌頭微微捲起，舌尖向上輕輕碰觸上顎後再彈回，類似英文的 [r] 發音，但是在發出西文 [r] 的音標時，嘴型沒有那麼嘟，不那麼圓唇樣，反而是較為平開的方式。可以用發出 la、le、li、lo、lu 時的位置去聯想，但要發出 ra、re、ri、ro、ru，其舌頭碰觸上齒齦較中間的位置。

給初學者的貼心小提醒

一般而言，從來沒有接觸過多顫音的學習者，不容易在第一次學到這個發音時就順利連續顫動舌頭，但成功的不二法門就是「勤加練習」！不妨按照以下方式，每日一試，一定可以加速完成喔！要練會多顫音，預備動作為舌頭微微朝上，想去碰觸上齒齦中間位置，但並非將整個舌頭往上倒捲起來。為了讓吐氣的力道能夠使舌頭顫動，可在練習時抬頭，運用中文裡的「日」發音去練習。根據多年來的教學經驗與學習者的意見回饋，這樣的動作與發聲位置，是最適合以中文為母語的初學者加強練習的方式。

單字練習

calor m.	mayor adj.	oro m.
熱	年長的	黃金
[ka-lór]	[ma-yór]	[ó-ro]
ㄍㄚ・漏兒	馬右兒	喔咯

rico adj.	ruido f.	dinero m.
有錢的／好吃的	噪音	錢
[r̄í-ko]	[r̄uí-do]	[di-né-ro]
哩ㄍㄛ・	魯衣ㄅㄛ・	底ㄋㄝ咯
▶ r置於字首要顫舌。	▶ r置於字首要顫舌。	▶ di為濁音。

paraguas m.	alrededor adv.
雨傘	在周圍
[pa-rá-guas]	[al-r̄e-de-dór]
把拉寡嘶	啊爾咧ㄅㄝ・豆兒
	▶ 第二個音節中的r是放在l、n、s之後，因此要顫舌。

❶ ¡Qué rico! ¿Qué lleva este plato?
[ké] [r̄í-ko]　[ké] [llé-va] [és-te] [plá-to]
真好吃！　　　這道菜裡有什麼啊？

. . . .

❷ En verano hace mucho calor en el sur de España.
[en] [ve-rá-no] [á-θe] [mú-cho] [ca-lór] [en] [el] [súr] [de]
[es-pá-ña]
夏天時西班牙南部天氣很熱。

. . . .

❸ ¿Ahorras dinero para viajar más?
[a-ó-r̄as]　[di-né-ro]　[pa-ra]　[via-xár]　[más]
你是為了能更常旅行而存錢嗎？

. . . .

❹ Alrededor del parque hay muchas tiendas.
[al-r̄e-de-dór] [del] [pár-ke] [áy] [mú-chas] [tién-das]
公園周邊有很多商家。

¿Ahorras dinero para viajar más?

Simón
西蒙

S s

字母
讀音

S 的字母讀音為 ese [**ése**]

　　跟前一個排序的字母 r 一樣，字母的讀音組合模式也是以 e 為開頭；讀法同中文注音符號的「ㄝ ㄙㄝ‧」。

音標
讀音

S 在單字中的音標讀音為 [**s**]

　　S 的音標為 [s]，發音與英文的 [s] 相同，是一個無聲的摩擦音。上下排的牙齒自然地咬合，從齒縫間發出氣音。拼字中常見出現在字尾，是名詞與形容詞的複數詞尾。

給初學者的貼心小提醒

　　基本上要發出 [s] 的正確發音，難度不高。尤其對於學過英文的大部分學習者來說，這個子音無論是出現在字首、字中還是字尾，都能駕輕就熟。而值得一提的是西語世界中，有個被稱之為「Seseo」的現象。指的是在拉丁美洲以及西班牙南部的安達魯西亞境內，母語者在遇到要發 [θ] 的發音時，也就是遇到 ce、ci 或 z 時，跟 [s] 的發音，不加以區分，都一律發 [s] 這樣的齒齦摩擦音，建議初級學習者可以稍加留意拼字。

sopa (f.)

湯
[só-pa]
搜吧

sidra (f.)

蘋果酒
[sí-dra]
吸的啦

tijeras (f.)

剪刀
[ti-xé-ras]
迪黑啦嘶

así (adv.)

如此
[a-sí]
啊戲

lunes (m.)

星期一
[lú-nes]
嚕ㄋㄝ‧嘶

pistacho (m.)

開心果
[pis-tá-cho]
比嘶搭ㄑㄧㄡ‧

mascarilla (f.)

口罩
[mas-ca-rí-lla]
馬嘶ㄍㄚ‧哩呀

salud (f.)

健康
[sa-lúd]
撒路的

▶ ¡Salud! 也有「乾杯」的意思。

nota

❶ **De primero, quiero una sopa de verduras.**
[de] [pri-mé-ro] [kié-ro] [ú-na] [só-pa] [de] [ver-dú-ras]
前菜，我要蔬菜湯。

⋯⋯⋯⋯⋯⋯⋯⋯⋯⋯⋯⋯⋯⋯⋯⋯⋯⋯⋯⋯

❷ **Necesito unas tijeras para cortar este papel.**
[ne-θe-sí-to] [ú-nas] [ti-xé-ras] [pa-ra] [kor-tár] [és-te] [pa-pél]
我需要一把剪刀來剪這張紙。

⋯⋯⋯⋯⋯⋯⋯⋯⋯⋯⋯⋯⋯⋯⋯⋯⋯⋯⋯⋯

❸ **Los lunes está cerrada esta tienda.**
[los] [lú-nes] [es-tá] [θe-r̄á-da] [és-ta] [tién-da]
每週一這家店不營業。

⋯⋯⋯⋯⋯⋯⋯⋯⋯⋯⋯⋯⋯⋯⋯⋯⋯⋯⋯⋯

❹ **¿Es obligatorio el uso de mascarrilas aquí?**
[és] [o-bli-ga-tó-rio] [el] [ú-so] [de] [mas-ka-rí-llas] [a-kí]
這裡必須戴口罩嗎？

Necesito unas tijeras
para cortar este papel.

Tt

Teresa
德雷莎

字母讀音

T 的字母讀音為 te [te]

T 的字母讀音 [te]，以舌尖碰觸齒背的 [t] 去搭配母音 [e] 而發出。可以從台語裡頭的「壓」這個字，或者台語裡頭「一塊蛋糕」的「塊」去聯想。

音標讀音

T 在單字中的音標讀音為 [t]

發音時，雙唇微微張開，舌尖碰觸上門牙的齒背位置，隨即將舌尖彈開，讓氣流衝出，產生摩擦的爆破音。西文中的 [t] 音標讀音，可由中文字裡頭的「的」或者注音符號裡頭的「ㄉ」去聯想。單字中若 t 出現在字尾，居多為外來字，則有不發音的現象，或者改寫拼字，例如：證件 carnet[car-nét] 也可寫成 carné [car-né]。

給初學者的貼心小提醒

很多初學者在一開始看到 t 時，容易自然地發出如注音符號裡頭「ㄊ」的送氣音，但西班牙語中的 [t] 音標讀音並非英文的 t，而是需要發出有聲的「ㄉ」。此外，因為這個發音跟 d

的音標又是清音跟濁音的對比，因此也需要在初學時就特別區分清楚。要發出 t 的音標讀音，嘴型較往兩側張開；要發出 d，則舌頭往前向上下齒間的門牙伸一下，才不容易發成 t 喔！

單字練習

sitio **m.**	tango **m.**
地方	探戈
[sí-tio]	[táŋ-go]
西ㄉ一‧喔	盪ㄍㄛ‧

taza **f.**	cuatro **adj.**
杯子	四
[tá-θa]	[kuá-tro]
搭ㄙㄚ‧	瓜的咯

fútbol **m.**	entrar **v.**
足球	進入
[fút-bol]	[en-trár]
夫葡	ㄝ嗯的辣兒

lástima **f.**	chalet **m.**
遺憾	別墅
[lás-ti-ma]	[cha-lét]
拉嘶ㄉ一‧嘛	ㄑㄧㄚˇ類的

❶ **Cariño, ¿quieres una taza de té?**
[ca-rí-ño] [kié-res] [ú-na] [tá-θa] [de] [té]
親愛的，你要喝杯茶嗎？

. . . .

❷ **Se realiza el Campeonato Mundial de Baile de Tango en Argentina.**
[se] [r̄e-a-lí-θa] [el] [kam-pe-o-ná-to] [mun-diál] [de] [bái-le]
[de] [táŋ-go] [en] [ar-xen-tí-na]
探戈舞世界錦標賽在阿根廷舉行。

. . . .

❸ **Aquí no se puede entrar.**
[a-kí] [nó] [se] [pué-de] [en-trár]
這裡禁止進入。

. . . .

❹ **Es una lástima que no podáis venir al picnic.**
[és] [ú-na] [lás-ti-ma] [ke] [nó] [po-dáis] [ve-nír] [al] [pík-nik]
好可惜你們不能來野餐。

Se realiza el Campeonato Mundial de
Baile de Tango en Argentina.

U u

Urano
烏拉諾

字母讀音

U 的字母讀音為 **u** [**u**]

U 的字母讀音就像是中文的「屋」；也就是注音符號的ㄨ。

音標讀音

U 在單字中的音標讀音為 [**u**]，另有四個組合 [不發音]

　　U 出現在西文單字中時，可單獨一個音節，可放字首、字中與字尾。除了在 que、qui、gue、gui 四個組合中不發音，其餘狀況都是發出像中文「屋」的發音，音標為 [u]。例如：去除 quitar[ki-tár]、戰爭 guerra[gé-ra]。u 的讀音是西文中的五個母音之一，屬於輕母音。

給初學者的貼心小提醒

　　U 的字母讀音與音標是同樣的唸法，是個容易記住的發音。但需要注意的是：先學過英文的初級學習者容易受到英語發音的影響，在遇到類似的拼字時，將 u 唸成了英文中的短母音 [ʌ]，例如：公車 autobús[au-to-bús]。

此外，在四個組合中 u 不發音的狀況，需要搭配著字母 g 以及字母 q 的發音解說，多加注意，這樣才不會忽略此一要點喔！尤其，搭配著 g 出現在字中，除了有 gue、gui 組合中 u 不發音外，還有 güe、güi 另外兩種 u 需要發音的狀況。例如：送子鳥 cigüeña[θi-gué-ña]、語言學 lingüística[lin-guís-ti-ka]。

單字練習

puerta f.

門
[puér-ta]
補ㄝ了ㄉㄚ˙

unión f.

聯盟
[u-nión]
五尼甕

número m.

號碼
[nú-me-ro]
ㄋㄨㄇㄝ˙嘍

uva f.

葡萄
[ú-ba]
屋＋台語的 [肉]

▶ v 的音標 [b] 是濁音。

lugar m.

地點
[lu-gár]
魯尬兒

agua f.

水
[á-gua]
阿ㄍㄨㄚ˙

quemar v.

燒燙
[ke-már]
給罵兒

▶ 此組合中 u 不發音。

guiso m.

燉菜
[gí-so]
ㄍㄧ嗖

▶ 此組合中 u 不發音。

❶ ¿Sabes la tradición de las Campanadas en la Puerta del Sol?

[sá-bes] [la] [tra-di-θión] [de] [las] [kam-pa-ná-das] [en] [la] [puér-ta] [del] [sól]

你知道太陽門廣場的敲鐘傳統嗎？

. . . .

❷ Comer las doce uvas conduce a un año de buena suerte.

[ko-mér] [las] [dó-θe] [ú-bas] [kon-dú-θe] [a] [ún][á-ño] [de] [bué-na] [suér-te]

吃十二顆葡萄會帶來一年的好運。

. . . .

❸ ¿Cuál es tu número de teléfono?

[kuál] [és] [tu] [nú-me-ro] [de] [te-lé-fo-no]

你的電話號碼幾號？

. . . .

❹ Sin duda alguna que estoy en el lugar correcto.

[sin] [dú-da] [al-gú-na] [ke] [es-tóy] [en] [el] [lu-gár] [ko-r̄ék-to]

毫無疑問，我來對地方了。

¿Sabes la tradición de
las Campanadas en la Puerta del Sol?

Victoria
維多莉亞

字母讀音 V 的字母讀音為 **uve [úbe]**

　　V 的字母讀音由兩個音節組合而成，第一個音節先發母音 [u]，第二個音節再加上字母 b 的讀音 [be]。uve 後面的 ve，並不需要像英文一般，由上齒咬住下唇，而是如字母 b 的解說，是雙唇輕輕抿嘴再分開的聲音，可用台語「要不要」的「要」的讀音去聯想。

音標讀音 V 在單字中的音標讀音為 **[b]**

　　不管是標記為 [v] 或者 [b]，字母 v 在西文單字中的音標等同於字母 b 的音標，也就是說，[v] 在西文中是無須咬唇的。建議大家可先用學習英文的 [v] 唸法去感受：最大的差別就是把上門牙咬住下嘴唇的動作放鬆，改為上下雙唇抿嘴放開的動作，藉摩擦產生聲音。

給初學者的貼心小提醒

　　在字母 b 跟字母 p 的說明中，我們可以了解：西文 p 是清音，而 b 則是濁音。若是能將 b 的音標讀音唸得正確，就等同於學好了 v 的讀音囉！因為在西班牙文中，[v]=[b]，看到 v 出現在單字中，記得無須咬唇發音，也就是與 b 一樣，發出雙唇抿嘴放開的摩擦音即可。

vino **m.**

葡萄酒
[bí-no]
台語的 [米] ＋ ㄋㄛ·

▶ vi是濁音，較像台語的「米」。

vecino **m.**

鄰居
[be-θí-no]
台語的 [要] ＋ 西ㄋㄛ·

▶ ve是濁音。

vivir **v.**

住、生活
[bi-bír]
台語的 [躲] ＋ [米] ＋ 兒

▶ vi是濁音，最後加上短短 r 尾音。

vacuna **f.**

疫苗
[ba-kú-na]
台語的 [肉] ＋ 辜哪

▶ va是濁音。

voz **f.**

聲音
[bóθ]
台語的 [老婆] ＋ ㄙ·

▶ vo是濁音。

cava **f.**

氣泡酒
[ká-ba]
嘎 ＋ 台語的 [肉]

▶ va是濁音。

grave **adj.**

嚴重的
[grá-be]
個拉 ＋ 台語的 [要]

▶ ve是濁音。

vuelo **m.**

航班
[bué-lo]
布維ㄌㄛ·

▶ vu是濁音，重音落在重母音e上。

❶ La Rioja es famosa por el vino.

[la] [r̄ió-xa] [és] [fa-mó-sa] [por] [el] [bí-no]

拉里歐哈地區以葡萄酒聞名。

- -

❷ Las vacunas contra el COVID son gratuitas.

[las] [ba-kú-nas] [kon-tra] [el] [kó-bid] [són] [gra-tuí-tas]

抗COVID的疫苗是免費的。

- -

❸ Yo soy de Sevilla pero ahora vivo en Madrid.

[yó] [sóy] [de] [se-bí-lla] [pe-ro] [a-ó-ra] [bí-bo] [en] [ma-dríd]

我來自於塞維亞，但我現在住在馬德里。

- -

❹ El vuelo dura 15 horas sin escalas.

[el] [bué-lo] [dú-ra] [kín-θe] [ó-ras] [sin] [es-ká-las]

那趟飛行持續15小時不中停。

Las vacunas contra el COVID
son gratuitas.

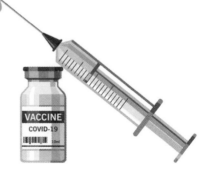

Wesley
衛斯理

字母
讀音

W的字母讀音為 uve doble [úbe dóble]

　　W 並非原屬西班牙母語中的字母，西文中看到出現 w 的單字是以英文或德文的外來字為主。w 的原始形式，據考究是在西元七世紀出現兩個「vv」的抄寫，因此其字母讀音 uve doble 指的就是「雙 v」的意思。而除了西班牙的 uve doble 讀音外，還有 doble u[dóble ú] 以及 doble ve[dóble bé] 等拉丁美洲不同地區的讀音方式。

音標
讀音

W在單字中的音標讀音為 [u]

　　西文中帶有 w 的單字幾乎皆為外來字，就音標上來說，我們標記為 [u]。看到 w 出現在單字裡，就像要發英文 w[u] 的聲音一般，可用中文「嗚」的聲音來聯想。

給初學者的貼心小提醒

　　W 出現在西班牙語詞彙中的比例不高，我們可以發現，在唸這些單字的同時，大多因應外來字的原重音位置，而調整了該西文詞彙的重音。例如：water 是英文裡頭的「水」，以英

文唸出發音，重音是在第一個音節，然而就西班牙文的重音規則而言，r 是子音，本應落在最後一個音節，但因為是外來字的關係，這個字在西班牙語裡頭就唸成了 wáter[uá-ter]。而且有趣的是：這個單字在西文裡有馬桶之意，也有 váter 的寫法。

單字練習

wifi (m.)

無線上網
[uí-fi]
嗚衣ㄈㄧ‧

wiskey (m.)

威士忌
[uís-ki]
嗚衣嘶ㄍㄧ‧

wok (m.)

炒鍋
[wók]
握個

windsurf (m.)

風帆衝浪
[wínd-suf]
嗚音的 樹ㄈ‧

Wikipedia (f.)

維基百科
[ui-ki-pé-dia]
嗚衣ㄍㄧㄅㄝ弟啊

▶ di是濁音。

web (f.)

網絡
[uéb]
喂ㄅ‧

▶ b是濁音。

Washington (m.)

華盛頓
[uá-siŋ-ton]
嗚啊ㄒㄧㄥ‧ㄉㄨㄥ‧

▶ 維持外來字的重音位置。

sándwich (m.)

三明治
[sán-duich]
山的嗚ㄧ‧くㄧ‧

❶ ¿El wifi está incluido o es de pago?
[el] [úi-fi] [es-tá] [in-kluí-do] [o] [és] [de] [pá-go]
無線上網是內含的還是需付費的？

❷ El windsurf es mi deporte favorito.
[el] [wínd-suf] [és] [mi] [de-pór-te] [fa-vo-rí-to]
我最喜歡的運動是風帆衝浪。

❸ La Wikipedia es una enciclopedia en internet.
[la] [ui-ki-pé-dia] [és] [ú-na] [en-θi-klo-pé-dia] [en] [in-ter-nét]
維基百科是一種網路百科。

❹ Los sándwiches de esa tienda son deliciosos.
[los] [sán-dui-ches] [de] [é-sa] [tién-da] [són] [de-li-θió-sos]
那家店的三明治很好吃。

El windsurf es mi deporte favorito.

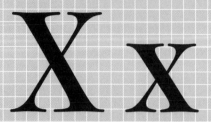

Ximena
希梅娜

X x

字母讀音

X 的字母讀音為　**equis [ékis]**

　　X 的字母讀音 [é-kis]，由兩個音節組合而成。先以母音 [e] 為底，再加上不帶氣音的 [kis]。要小心！不要唸成了「親吻」意思的英文 kiss 一字，反而要以「記」的台語發音來聯想 [ki] 才是。

音標讀音

X 在單字中的音標讀音為　**[s]、[ks] 及 [x]**

　　X 出現在西班牙文中的頻率沒有很高，但是卻有三種發音。第一種：置於字首或者後面緊接著子音時，x 發 [s]。第二種：置於兩個母音之間時，x 發 [ks]。第三種：部分地區或國家名稱，會把地名中有 x 的，發成像中文注音符號ㄏ的聲音，也就是如同 j 的音標。例如：México(墨西哥)。

給初學者的貼心小提醒

　　最常見到 x 的發音為 [s]，也就是出現在字首或後面緊接著子音的時候，因為跟字母 s 的音標相同，在學習新的單字時稍微留意，較不容易因相同發音而拼錯字喔！

mixto adj.

混合的
[mís-to]
咪嘶ㄅㄡˋ

éxito f.

成功
[ék-si-to]
ㄝ個 ㄙㄧˋ・ㄅㄛˋ

xilófono m.

木琴
[si-ló-fo-no]
ㄙㄧˋ・摟ㄈㄛˋ・ㄋㄛˋ

experto m.

專家
[es-pér-to]
ㄝ・嘶 杯了 ㄅㄛˋ

extranjero adj.

外國的
[es-tran-xé-ro]
ㄝ・嘶得藍黑嘍

sexo m.

性別
[sék-so]
ㄙㄝ 個 ㄙㄡˋ

México m.

墨西哥
[mé-xi-ko]
ㄇㄝ ㄏㄧˋ・ㄍㄛˋ

óxido adj.

氧化物
[ó-si-do]
歐ㄙㄧˋ・ㄅㄛˋ

▶雖標示為「ㄅㄛˋ」，但 d 為濁音。

nota

❶ **¿Te gusta esta receta de ensalada mixta?**

[te] [gús-ta] [és-ta] [re-θé-ta] [de] [en-sa-lá-da] [mís-ta]

你喜歡這個綜合沙拉食譜嗎？

. . . .

❷ **Te deseo mucho éxito en todos tus proyectos.**

[te] [de-sé-o] [mú-cho] [ék-si-to] [en] [tó-dos] [tus]

[pro-yéc-tos]

祝福你所有企劃成功。

. . . .

❸ **Es un experto en Marketing Digital.**

[és] [ún] [es-pér-to] [en] [már-ke-tiŋ] [di-xi-tál]

他是數位行銷的專家。

. . . .

❹ **Me especialicé en Arqueología en México.**

[me] [es-pe-cia-li-θé] [en] [ar-ke-o-lo-xí-a] [en] [mé-xi-ko]

以前我在墨西哥主修考古學。

Me especialicé en
Arqueología en México.

Yasmina
雅思米娜

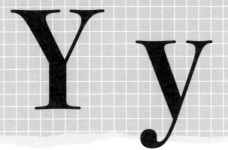

字母讀音

Y 的字母讀音為 i griega [i griéga] 或 ye [ye]

較多人熟知的是來自於希臘語根源的讀音方式 i griega [i griéga]，但是來自於拉丁根源的 ye[ye] 也正式被納入西班牙皇家學院字典中，所以兩種讀法都可以！

音標讀音

Y 在單字中的音標讀音為 [y]

看到 y 在單字中出現，基本上同英文 y[j] 發音，是舌頭位於上顎的中間位置，上下牙齒不咬合的摩擦音。y 出現在不同的組合中會產生些微的發音差異，在語音學中以國際音標的書寫方式來看，有不同的標記（詳見第 17 頁）。而本書跟西班牙皇家學院相同，採用 [y] 的標記方式。

Y 可以與五個母音組為 ya、ye、yi、yo、yu，其發音如同 hi- 組合再搭母音的方式，例如：hia、hie 等。然而 y 最大的特色在於：它可以是母音，也可以是子音。y 單獨存在時，音標為母音的 [i]，而置於字尾時，雖然也是跟母音 [i] 的發音方式相同，但被視為子音。因此，在決定重音位置時，別忘了是要歸類在「子音結尾，重音落在最後一個音節」的類型。舉例來說：巴拉圭 Paraguay[pa-ra-guáy] 就將重音落在 [guáy]。另外，若 y 緊接在 [n] 跟 [l] 之後，會發出一個像是介於英文 y[j] 跟英文 j[dʒ] 的聲音，主要是因為受到

嘴型與發音位置影響，自然成了嘴型較嘟，成圓唇狀的塞擦音。例如：配偶 cónyuge[kón-yu-xe]。

給初學者的貼心小提醒

字母 y 跟雙字母的組合音 ll，在大部分的西語系國家是相同的發音，這種不區分 y 跟 ll 發音的現象，被稱之為「yeísmo」。然而，中南美洲某些國家，像是阿根廷，則是發出嘴型較嘟起的 [ʤ] 或者 [ʃ]。所以，要是大家聽到「Yo me llamo Ana.」這樣的句子，有「優、美壓麼、啊哪」跟「啾、美家麼、啊哪」或「修、美蝦麼、啊哪」這樣的不同發音，可不要感到疑惑呀！

單字練習

yo pron.	ayer adv.	yema f.
我	昨天	蛋黃
[yó]	[a-yér]	[yé-ma]
又	啊夜兒	噎嘛

rey m.	jersey m.	guayaba f.
國王	毛衣	芭樂
[řéy]	[xer-séy]	[gua-yá-ba]
類一‧	嘿了ㄙㄟˋ椅	寡壓吧

▶ r 開頭要顫舌。

oyente m. f.	mayonesa f.
聽眾	美乃滋
[o-yén-te]	[ma-yo-né-sa]
喔燕ㄅㄝ‧	馬油ㄋㄝ撒

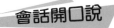

❶ Yo me llamo Lucía, ¿y tú?
[yó] [me] [llá-mo] [lu-θí-a] [i] [tú]
我叫做露西亞，你呢？

❷ ¿La yema del huevo sube el colesterol?
[la] [yé-ma] [del] [ué-vo] [sú-be] [el] [ko-les-te-ról]
蛋黃會增加膽固醇嗎？

❸ Ayer fui a Taipéi con mis padres.
[a-yér] [fuí] [a] [tai-péi] [kon] [mis] [pá-dres]
昨天我跟爸媽去台北。

❹ Anteayer compré un jersey rojo.
[an-te-a-yér] [com-pré] [ún] [xer-séy] [r̄ó-xo]
前天我買了一件紅色的毛衣。

¿La yema del huevo sube el colesterol?

▶MP3 **2-29**

Z z

Zenobia
賽諾比亞

字母讀音

Z 的字母讀音為 **zeta** [θéta]

中文的恰似音是台語的「洗」加上注音符號的「ㄉㄚ˙」。在台灣，我們在舉杯歡慶的場合，會聽到有人用台語的「乎乾啦」來表示「乾杯」之意，因此採聯想記憶方式來記這個發音讓人印象更深刻，所以，請記得 z 已經是最後一個字母了，就讓我們把一切「洗乾」吧！

音標讀音

Z 在單字中的音標讀音為 [θ]

西文中看到 z 出現在字中，其發音即為英文 th 的音標 [θ]。這是一個舌面夾在上下兩排牙齒的齒間摩擦音，當字母 c 搭配 [e] 跟 [i] 兩個母音時，如 ce、ci 也是同樣的發音。不過，z 在單字中的發音因地區而有所差異，在西班牙是發 [θ] 的音，可用英文 thing 中的 th 來聯想，但在拉丁美洲，則是不刻意將舌尖往前，而只發 [s] 的聲音。

給初學者的貼心小提醒

Z 在西文中的發音，不管是字母的讀音 zeta 或者音標，都很容易被先學了英文的學習者發成了像中文注音符號「ㄖ˙」的齒間音。然而，事實上 z 的發音是 [θ]，也就是帶有氣音的

齒間摩擦音，這兩個聲音可不能混為一談呀！像是西班牙知名的平價流行品牌 Zara[θá-ra]，若是以英文的理解去發音，第一個音節恐怕就唸成了 [za]，但正確讀法應該是帶有氣音的 [θa] 喔！

單字練習

tiza f.
粉筆
[tí-θa]
低ㄙㄚ·

zapato m.
鞋子
[θa-pá-to]
灑巴ㄅㄛ·

azafrán m.
番紅花
[a-θa-frán]
啊灑ㄈ·爛

pez m.
魚
[péθ]
ㄅㄝˋ嘶

corazón m.
心臟
[ko-ra-θón]
狗啦送

maíz m.
玉米
[ma-íθ]
馬意思

zumo m.
果汁
[θú-mo]
蘇麼

zorro m.
狐狸
[θó-r̄o]
搜囉

▶ rr需要顫舌。

❶ La profesora lleva zapatos de tacón cada día.

[la] [pro-fe-só-ra] [llé-va] [θa-pá-tos] [de] [ta-kón] [ká-da] [dí-a]

老師每天都穿高跟鞋。

❷ Debido al azafrán, la paella es de color amarillo o anaranjado.

[de-bí-do] [al] [a-θa-frán] [la] [pa-é-lla] [és] [de] [ko-lór]

[a-ma-rí-llo] [o] [a-na-ran-xá-do]

因為番紅花的關係，海鮮飯呈現黃橘色。

❸ En México, el maíz es uno de los alimentos básicos.

[en] [mé-xi-ko] [el] [ma-íθ] [és] [ú-no] [de] [los] [a-li-mén-tos]

[bá-si-kos]

在墨西哥，玉米是主食之一。

❹ De bebida, quiero un zumo de naranja.

[de] [be-bí-da] [kié-ro] [ún] [θú-mo] [de] [na-rán-xa]

飲料部分，我要一杯柳橙汁。

En México, el maíz es uno de
los alimentos básicos.

Parte 3

發音延伸練習與資源
Ejercicios y recursos

加油！

¡Ánimo!

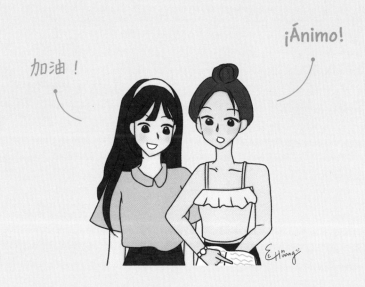

語調說明與練習

基本語調說明

❶	肯定句、否定句、命令句與感嘆句	隨著最後一個字的重音位置,語調自然下降
❷	有疑問詞的問句	語調要下降
❸	沒有疑問詞,也就是答句通常是sí(是)或no(不是)的句子	語調要上揚
❹	具有選擇性的疑問句,也就是句中出現o(或者)的發問形式	在o(或者)之前的最後一個字,語調微微上揚,但在o(或者)之後的句尾,語調要下降
❺	肯定句或否定句的陳述後面,加上逗點,帶有附加問句	附加問句的尾音,語調要上揚

例句

❶ 肯定句、否定句、命令句與感嘆句　　▶ MP3 **3-01**

肯定句　**Voy a la escuela en autobús.**
我搭公車上學。

. . . .

否定句　**No hay nadie en casa.**
沒人在家。

. . . .

命令句　**¡Enciende la calefacción, por favor!**
請開暖氣！

. . . .

感嘆句　**¡Qué caro es ese coche!**
那部車好貴喔！

❷ 有疑問詞的問句　　▶ MP3 **3-02**

¿Cómo están ustedes?
您們好嗎？

. . . .

¿Cuántos años tienen tus abuelos?
你爺爺奶奶幾歲？

. . . .

¿Cuál es tu fruta favorita?
你最喜歡的水果是什麼？

. . . .

¿Qué lleva la paella de marisco?
海鮮飯裡頭有什麼？

❸ 無疑問詞，答句通常是 sí 或 no ▶ MP3 **3-03**

¿Vienes con nosotros?
你要跟我們來嗎？

. . . .

¿Está muy cerca la oficina de correos?
郵局很近嗎？

❹ 具有選擇性的疑問句「o」 ▶ MP3 **3-04**

¿Queréis comprar un piso o una casa?
你們想要買大樓還是獨棟住宅？

. . . .

¿Te gusta jugar al baloncesto o al béisbol?
你喜歡打籃球還是棒球？

❺ 陳述後加上逗點，帶有附加問句 ▶ MP3 **3-05**

Tú eres José María, ¿verdad?
你是荷西瑪麗亞，對吧？

◆ José María是男生名，而María José是女生名

. . . .

Tienes que terminar esta tarea antes de las tres, ¿de acuerdo?
你必須在三點前完成這項任務，OK？

牛刀小試：西文發音你會了嗎？

母音練習 ▶MP3 **3-06**

聆聽母語人士發音，判別正確的讀音，填入單一個母音 (a、e、i、o 或 u)。

① f＿vor　　② ＿ctubre　③ esc＿ltor　④ compr＿rar

⑤ d＿ntro　　⑥ rec＿be　　⑦ p＿scado　⑧ r＿zón

雙母音練習 ▶MP3 **3-07**

聆聽母語人士發音，判別正確的讀音，填入雙母音。

① p＿rna　　　　② rec＿rdo　　　③ famil＿

④ cur＿sidad　　⑤ ＿tomático　　⑥ c＿dad

⑦ exper＿ncia　　⑧ s＿ve　　　　⑨ b＿le

nota

聆聽母語人士發音，判別正確的讀音，填入單一個子音。

① ca__etería　　② o__os　　③ lám__ara

④ acue__ucto　　⑤ e__ergía　　⑥ a__chivo

⑦ bi__lioteca　　⑧ __elado　　⑨ ca__efacción

⑩ pala__io　　⑪ len__ua　　⑫ asigna__ura

⑬ due__o　　⑭ e__pejo　　⑮ e__amen

聆聽母語人士發音，選出空格中缺乏的子音以完成單字。

____① □oca　❶ b　❷ p　　____② □os　❶ t　❷ d

____③ a□oz　❶ rr　❷ r　　____④ □ueso　❶ g　❷ q

____⑤ sá□ado　❶ b　❷ p　　____⑥ pe□o　❶ l　❷ r

____⑦ za□ato　❶ b　❷ p　　____⑧ ca□o　❶ rr　❷ r

____⑨ □ata　❶ l　❷ r　　____⑩ ni□a　❶ n　❷ ñ

發音延伸練習與資源……牛刀小試

聽力練習 -1 ▶MP3 **3-10**

聆聽下列單字的正確唸法，並分音節、圈出重音位置。例如：
pintura → pin-t[u]-ra

① cuaderno →_____ ② postal →_____

③ actividad →_____ ④ ratón →_____

⑤ iglesia →_____ ⑥ palacio →_____

⑦ policía →_____ ⑧ almendro →_____

⑨ catedral → _____ ⑩ bailar →_____

⑪ aquí →_____ ⑫ juguete →_____

聽力練習 -2 ▶MP3 **3-11**

聆聽下列 9 個水果單字的唸法，並在空格中寫出正確的拼字。

① 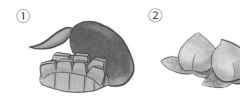 ② ③

_____ _____ _____

④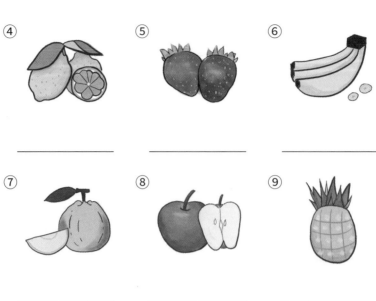

⑤

⑥

_____

_____

_____

⑦

⑧

⑨

_____

_____

_____

⑩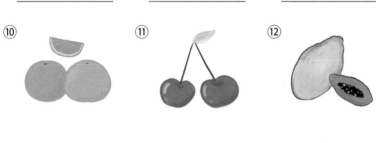

⑪

⑫

_____

_____

_____

聽力練習 -3　▶ MP3 **3-12**

閱讀短文並聆聽內容，寫出空格中缺乏的單字。

> Isabel es una chica guapa. Estudiamos en el mismo centro de idiomas.
>
> Tiene los ____①____ grandes, la ____②____ respingada y la ____③____ pequeña. Lleva ____④____ largo y liso. Me encanta su ____⑤____. Para mí, es tan perfecta.

　　伊莎貝爾是個漂亮的女孩。 我們在同一個語言中心上課。

　　她有一雙大眼睛、翹翹的鼻子和一張小嘴。她有著一頭又長又直的頭髮。 我很喜歡她的微笑。對我來說，她是如此地完美。

VISTA DE Emi

常見的西文名字

▶ MP3 **3-13**

1. Abel
2. Adán
3. Adrián
4. Agustín
5. Alberto
6. Alejandro
7. Alfonso
8. Alfredo
9. Andrés
10. Antonio (Toni)
11. Arturo
12. Benito
13. Benjamín
14. Bernardo
15. Bruno
16. Camilo
17. Carlo
18. Casio
19. César
20. Claudio
21. Cristián
22. Cristóbal

23. Daniel
24. David
25. Diego
26. Enrique
27. Eduardo
28. Emilio
29. Érico
30. Ernesto
31. Esteban
32. Federico
33. Felipe
34. Félix
35. Fermín
36. Fernando
37. Fidel
38. Francisco (Paco)
39. Froilán
40. Gabriel
41. Gaspar
42. Gonzalo
43. Guillermo
44. Gustavo

45. Héctor
46. Horacio
47. Hugo
48. Ignacio (Nacho)
49. Ismael
50. Iván
51. Jaime
52. Javier
53. Joaquín
54. Jorge
55. José (Pepe)
56. José María
57. José Luis
58. Juan
59. Julián
60. Julio
61. León
62. Leonardo
63. Lorenzo
64. Lucas
65. Luciano
66. Luis

67. Manuel (Manolo)

68. Marcos

69. Mariano

70. Mario

71. Martín

72. Mateo

73. Miguel

74. Néstor

75. Nicolás

76. Octavio

77. Pablo

78. Patricio

79. Pedro

80. Rafael (Rafa)

81. Ramón

82. Raúl

83. Ricardo

84. Roberto

85. Rogelio

86. Rodrigo

87. Rubén

88. Salvador

89. Samuel

90. Sancho

91. Santiago

92. Sebastián

93. Serafín

94. Sergio

95. Timoteo (Timo)

96. Tomás

97. Valentín

98. Venancio

99. Vicente

100. Víctor

◆括號內表示小名

女孩們的西文名字 (Nombres españoles de chicas)

▶ MP3 3-14

1. Adriana

2. Agustina

3. Alejandra

4. Alicia

5. Amelia

6. Amparo

7. Ana / Anita

8. Andrea

9. Ángela

10. Antonia

11. Aurora

12. Azucena

13. Beatriz

14. Begoña

15. Belén

16. Berta

17. Blanca

18. Camila

19. Carina

20. Carlota

21. Carmen

22. Carolina (Caro)

23. Catalina (Cata)

24. Celia

25. Cecilia (Ceci)

26. Clara

27. Claudia

28. Cristina (Tina)

29. Daniela

30. Dora

31. Diana	55. Josefa	79. Olga
32. Elena	56. Josefina (Pepita)	80. Olivia
33. Elisa	57. Juana	81. Paula
34. Elvira	58. Julia	82. Pilar
35. Emilia	59. Julieta	83. Raquel
36. Emma	60. Laura	84. Rebeca
37. Esperanza	61. Leonor	85. Regina
38. Estela	62. Leticia	86. Rita
39. Ester	63. Lidia	87. Rocío
40. Estrella	64. Lola	88. Sabina
41. Eva	65. Lorena	89. Sandra
42. Fabiola	66. Lucía	90. Serafina
43. Fátima	67. Luisa	91. Silvia
44. Felisa	68. Luz	92. Sofía
45. Flora	69. Maite	93. Susana
46. Francisca (Paca)	70. Manuela	94. Teresa
47. Gabriela	71. María	95. Vanesa
48. Gema	72. Mariana	96. Virginia
49. Gloria	73. Marisol	97. Victoria
50. Hortensia	74. Marta	98. Viviana
51. Inés	75. Mercedes	99. Yolanda
52. Irene	76. Mónica	100. Zenobia
53. Isabel	77. Natalia (Nati)	
54. Jacinta	78. Nieves	◆括號內表示小名

數字的西文唸法 ▶MP3 3-15

0	1	2	3	4
cero	uno	dos	tres	cuatro

5	6	7	8	9	10
cinco	seis	siete	ocho	nueve	diez

11	12	13	14	15
once	doce	trece	catorce	quince

16	17	18	19	20
dieciséis	diecisiete	dieciocho	diecinueve	veinte

21	22	23	24	25
veintiuno	veintidós	veintitrés	veinticuatro	veinticinco

26	27	28	29	30
veintiséis	veintisiete	veintiocho	veintinueve	treinta

31	32	33	34	35
treinta y uno	treinta y dos	treinta y tres	treinta y cuatro	treinta y cinco

36	37	38	39	40
treinta y seis	treinta y siete	treinta y ocho	treinta y nueve	cuarenta

41	42	43	44	45
cuarenta y uno	cuarenta y dos	cuarenta y tres	cuarenta y cuatro	cuarenta y cinco

46	47	48	49	50
cuarenta y seis	cuarenta y siete	cuarenta y ocho	cuarenta y nueve	cincuenta

51	52	53	54	55
cincuenta y uno	cincuenta y dos	cincuenta y tres	cincuenta y cuatro	cincuenta y cinco

56	57	58	59	60
cincuenta y seis	cincuenta y siete	cincuenta y ocho	cincuenta y nueve	sesenta

61	62	63	64	65
sesenta y uno	sesenta y dos	sesenta y tres	sesenta y cuatro	sesenta y cinco

66	67	68	69	70
sesenta y seis	sesenta y siete	sesenta y ocho	sesenta y nueve	setenta

71	72	73	74	75
setenta y uno	setenta y dos	setenta y tres	setenta y cuatro	setenta y cinco

76	77	78	79	80
setenta y seis	setenta y siete	setenta y ocho	setenta y nueve	ochenta

81	82	83	84	85
ochenta y uno	ochenta y dos	ochenta y tres	ochenta y cuatro	ochenta y cinco

86	87	88	89	90
ochenta y seis	ochenta y siete	ochenta y ocho	ochenta y nueve	noventa

91	92	93	94	95
noventa y uno	noventa y dos	noventa y tres	noventa y cuatro	noventa y cinco

96	97	98	99	100
noventa y seis	noventa y siete	noventa y ocho	noventa y nueve	cien

◆100 過後：ciento 例 101：ciento uno / 110：ciento diez

◆200：doscientos / 300：trescientos / 400：cuatrocientos

　　500：quinientos / 600：seiscientos / 700：setecientos

　　800：ochocientos / 900：novecientos

◆1000：mil

◆10000：diez mil

◆100000：cien mil

◆1000000：un millón

100 句三字內實用短句　▶MP3 3-16

1. **¡Adelante!**
請進！

2. **Adiós.**
再見。

3. **¡Ánimo!**
加油！

4. **¡Basta!**
夠了！

5. **¡Bravo!**
安可！

6. **¡Cuidado!**
小心！

7. **¡Cuídate!**
照顧好自己！

8. **¡Déjalo!**
算了！

9. **¿Diga?**
喂？（電話用語）

10. **¡Dios mío!**
我的天啊！

11. **¡Hola!**
嗨！

12. **Encantado/a.**
很高興認識你。

13. **¡Enhorabuena!**
恭喜！

14. **¡Escúchame!**
聽我說！

15. **¡Estupendo!**
太棒了！

16. **¡Felicidades!**
恭喜！

17. **¡Fíjate!**
注意！

18. **Gracias.**
謝謝。

19. **¡Igualmente!**
一樣！

20. **¡Mira!**
（你）看！

21. **¡Perdón!**
抱歉！

22. **¡Salud!**
乾杯！

23. **¿Seguro?**
確定嗎？

24. **¡Siéntese!**
請坐！

25. **¡Tranquilo!**
安靜！／放輕鬆！

26. **¡Vale!**
好！

27. **¿Verdad?**
真的嗎？

28. **¡Buen viaje!**
旅途愉快！

29. **¡Buena suerte!**
祝好運！

30. **Buenos días.**
早安。

31. **Buenas tardes.**
午安。

32. **Buenas noches.**
晚安。

33. **¿Cómo estás?**
你好嗎？

34. **Con tarjeta.**
刷卡。

35. **¿Cuánto vale?**
多少錢？

36. **¡Date prisa!**
（你）快一點！

37. **De acuerdo.**
好！

38. **De nada.**
不客氣。

39. **¿Dónde vives?**
你住在哪裡？

40. **En efectivo.**
付現。

41. **¿En serio?**
你認真的嗎？ / 真的嗎？

42. **Estoy ocupado/a.**
我正在忙。

43. **Estoy resfriado/a.**
我感冒了。

44. **¡Feliz Cumpleaños!**
生日快樂！

45. **¡Feliz Navidad!**
耶誕快樂！

46. **Hasta luego.**
待會兒見。

47. **Hasta mañana.**
明天見。

48. **Lo siento.**
對不起。

49. **¡Madre mía!**
我的媽呀！

50. **¡Más alto!**
大聲一點！

51. **¡Más despacio!**
慢一點！

52. **Me gusta.**
我喜歡。

53. **Mucho gusto.**
很高興認識你。

54. **Muy bien.**
很好。

55. **¡Ni hablar!**
免談。

56. **No entiendo.**
我不懂。

57. **No importa.**
沒關係。

58. **No sé.**
我不知道。

59. **Otra vez.**
再一次。

60. **Para llevar.**
外帶。

61. **Por favor.**
請。

71. **Sin problema.**
沒問題。

62. **¡Qué caro!**
好貴喔！

72. **Te amo.**
我愛你。

63. **¡Qué guay!**
好酷喔！

73. **Te quiero.**
我喜歡你。

64. **¡Qué guapo!**
真帥！

74. **Tengo hambre.**
我肚子餓。

65. **¡Qué guapa!**
真漂亮！

75. **Tengo sed.**
我口渴。

66. **¿Qué pasa?**
怎麼啦？

76. **Tengo sueño.**
我愛睏（想睡覺）。

67. **¡Qué pena!**
真可惜！

77. **Tienes razón.**
你說得有理！

68. **¡Qué delicioso!**
真好吃！

78. **Yo también.**
我也是。

69. **¡Qué rollo!**
好煩！／真討厭！

79. **¿Cómo te llamas?**
你叫什麼名字？

70. **¿Qué tal?**
你好嗎？

80. **¡Déjame en paz!**
讓我靜一靜！

81. **¿De dónde eres?**
你是哪裡人？

82. **¡Feliz Año Nuevo!**
新年快樂！

83. **Hace mucho calor.**
（天氣）好熱！

84. **Hace mucho frío.**
（天氣）好冷！

85. **Hasta la vista.**
下回見。

86. **Me alegro mucho.**
我很高興。

87. **Me da igual.**
我都可以！

88. **No hace falta.**
不需要！

89. **No hay problema.**
沒問題。

90. **¡No me digas!**
我不敢相信！

91. **No me gusta.**
我不喜歡。

92. **No pasa nada.**
沒關係、沒什麼事。

93. **¡No puede ser!**
不應該這樣！

94. **No tengo tiempo.**
我沒時間。

95. **¿Qué hora es?**
現在幾點？

96. **¡Qué mala suerte!**
真倒楣！

97. **¿Qué significa eso?**
那是什麼意思？

98. **¿Se oye bien?**
聽得清楚嗎？

99. **Tengo 18 años.**
我18歲。

100. **Yo soy vegetariano/a.**
我吃素。

如何在電腦上打出西文字

SPAIN

❶ 直接在Microsoft Word軟體中，點選【插入】→【符號】→
【其他符號】→【拉丁文】，再尋找你需要的特殊字母。

❷ 在鍵盤為English系統下打內碼，請記得先點選Num Lock，確認
鍵盤上亮起黃燈。以下範例均為按住**Alt**不放再加上西文字母所屬
的號碼，例如：Alt + 0225 = á。

á	é	í	ó	ú	ñ	ü	Ñ
0225	0233	0237	0243	0250	0241	0252	0209
¿	¡	Á	É	Í	Ó	Ú	
0191	0161	0193	0201	0205	0211	0218	

❸ 進入電腦的【設定】→【控制台】→【地區及語言選項】→【新增】→【西班牙文】（任何西語系國家選項皆可）

鍵盤打法	打出來的西文字
符號「´」（位置在Enter左邊) ＋ 母音（a、e、i、o、u）	á、é、í、ó、ú
加號（+）	¡
冒號（:）	ñ
Shift ＋ 冒號（:）	Ñ
Shift ＋ 1	!【驚嘆號】
Shift ＋ 加號（+）	¿【倒問號】
Shift ＋ 破折號（-）	?【問號】
Shift ＋ 2	" "【雙引號】
Shift ＋ 句號（.）	:【冒號】
Shift ＋ 8	(【左括號】
Shift ＋ 9	)【右括號】
Shift ＋ 0	=【等號】

牛刀小試解答

母音練習

① a	② o	③ u	④ a	⑤ e
⑥ i	⑦ e	⑧ a		

雙母音練習

① ie	② ue	③ ia	④ io	⑤ au
⑥ iu	⑦ ie	⑧ ua	⑨ ai	

子音練習

① f	② j	③ p	④ d	⑤ n
⑥ r	⑦ b	⑧ h	⑨ l	⑩ c
⑪ g	⑫ t	⑬ ñ	⑭ s	⑮ x

易錯的對比練習

① a	② a	③ a	④ b	⑤ a
⑥ b	⑦ a	⑧ a	⑨ a	⑩ b

聽力練習 -1

① cua-d|e|r-no   ② pos-t|a|l   ③ ac-ti-vi-d|a|d

④ ra-t|ó|n   ⑤ igl|e|-sia   ⑥ pa-l|a|-cio

⑦ po-li-c|í|-a   ⑧ a-za-fr|á|n   ⑨ ca-te-dr|a|l

⑩ bai-l|a|r   ⑪ a-qu|í| ⑫ ju-gu|e|-te

聽力練習 -2

① mango   ② melocotón   ③ sandía

④ limón   ⑤ fresa   ⑥ plátano

⑦ guayaba   ⑧ manzana   ⑨ piña

⑩ naranja   ⑪ cereza   ⑫ papaya

聽力練習 -3

① ojos   ② nariz   ③ boca

④ pelo   ⑤ sonrisa

nota

加入晨星

即享『50元 購書優惠券』

回函範例

您的姓名： 晨小星

您購買的書是： 貓戰士

性別： ●男 ○女 ○其他

生日： 1990/1/25

E-Mail： ilovebooks@morning.com.tw

電話／手機： 09××-×××-×××

聯絡地址： 台中　市 西屯　區

工業區30路1號

您喜歡：●文學/小說 ●社科/史哲 ●設計/生活雜藝 ○財經/商管

（可複選）●心理/勵志 ○宗教/命理 ○科普 ○自然 ●寵物

心得分享：

我非常欣賞主角…

本書帶給我的…

"誠摯期待與您在下一本書相遇，讓我們一起在閱讀中尋找樂趣吧！"

國家圖書館出版品預行編目（CIP）資料

西語29音完全自學手冊/陳怡君作. -- 初版. -- 臺中市：
晨星出版有限公司, 2024.05
144面 ; 16.5×22.5公分. -- (語言學習 ; 45)
ISBN 978-626-320-805-6(平裝)

1.CST: 西班牙語 2.CST: 讀本

804.78   113002859

語言學習 45
西語29音完全自學手冊

作者	陳怡君 Emilia Chen
編輯	余順琪
編輯助理	林吟築
校對	陳彥維
錄音	Miguel Delso Martínez
封面設計	耶麗米工作室
美術編輯	陳佩幸

創辦人	陳銘民
發行所	晨星出版有限公司
	407台中市西屯區工業30路1號1樓
	TEL：04-23595820　FAX：04-23550581
	E-mail：service-taipei@morningstar.com.tw
	http://star.morningstar.com.tw
	行政院新聞局局版台業字第2500號
法律顧問	陳思成律師
初版	西元2024年05月15日

讀者服務專線	TEL：02-23672044／04-23595819#212
讀者傳真專線	FAX：02-23635741／04-23595493
讀者專用信箱	service@morningstar.com.tw
網路書店	http://www.morningstar.com.tw
郵政劃撥	15060393（知己圖書股份有限公司）

印刷	上好印刷股份有限公司

定價 300 元
（如書籍有缺頁或破損，請寄回更換）
ISBN：978-626-320-805-6

圖片來源：
EE Huang、Emilia Chen、shutterstock.com

Published by Morning Star Publishing Inc.
Printed in Taiwan
All rights reserved.
版權所有・翻印必究

|最新、最快、最實用的第一手資訊都在這裡|